道子の草文

みちこのくさぶみ

石牟礼道子

平凡社

道子の草文

目次

III

IV

I

不知火

［梗概］

不知火の海辺の里に生ひ育った一人の年若い乙女があった。

乙女のこの故郷はひとつの風物詩のやうに、小高い丘が点在し、自然に恵まれた平和郷であった。

乙女は童女の時期をこの丘を遊び場にして野性的な空想の世界にひたり切って幸福に育ったのであるが、物心つく程に、幼い世界をせい一杯に生きながら、そこから見ききする人の世の醜さは感じ易い少女の胸を傷つけて止まない。

かうして、思春期に入りかけたばかりの少女が、たまたま、ある春の日、学校の庭で行き逢った、一人の少年の美しい面影は、忽ち（たちま）少女の心を埋め尽くしてしまう。

彼女は少年を恋ふる己れの本能を、大人に近づいた自覚を嫌悪し、一種の罪悪感におののく。

そしてこの怖しい秘密を自分一人の胸から、もらすまいと決心するのである。

この苦しみの為に、生れながらの幻想的性はいよいよ深さをましてゆく。彼女のなげきは幼いながら彼岸を見つめていた。だが、改めて彼女のまわりには一筋な美への欲情を育て上げてくれるものは何物もなかった。彼女は幼女の次の追憶に行き、この世ならぬ不知火の霊火に少女らしい憧憬を持つのもあはれであった。


かすかな渚の音、わきいづるトロイメライ。

「天草の島めぐりめぐり遂の果は不知火の火にならむとおもふ」

夕闇——

一ひらの白い短冊が波うちぎわに捨ててありました。

やはらかく侵蝕された岩が低く点在し、ゆるやかな砂浜の線の上へ波のうねりが裳裾を引きます。

微風があるらしく、二度三度ふるへていた短冊が、やがてすいと動き、波に乗って浮きます。

渚伝ひに一すじの足跡がついていきました。足跡を辿りながら、不知火海の夕闇は遠く、天草の山の端になびくあかねの色をすっかり消して行きます。

汐鳴り　松風　星の影
朽ち果てた小舟。十六夜の盆月、この海、名づけたり不知火の海——。

(トロイメライのメロディに満つ) 浮き彫りされた小舟の残骸のかたはらに、またひとつ白い人影がゆらめきます。肩になびく切り下げの髪。

「われはもよ　不知火をとめ　この浜に　いのち火焚きて消えつまた燃へつ」

ひとりの乙女がをりました。物言はぬ口元を微かに開けて、物狂ひ、物狂ひとたはむれて問ひかける里の子らに、首すじを重たく一ふり斜めに振り上げる面ざしは笑っているやうでもありました。物言はぬ胸のうちに、キラキラと綾なして流れる調べを乙女は奏でていました。俯向いた眸が、ふいに、彼方を見つめるとき、乙女は其処に細々と燃えて消えぬ命の炎を、己れの胸に点けたことをたしかめて、仄かなぬくもりを覚えました。

来る年来る年の盆の頃、乙女は、星の夜も月の夜も、この浜の砂を踏みました。足跡を毎夜毎夜、ゆるやかな波がさりげなく消してゆきました。恋路島の彼方に夜目にも仄見える天草に乙女は不思議な郷愁を覚えるのです、天草に生まれた父と母の放浪の旅路の果てが、水俣のこの海沿いの里に定められたとき、乙女は生まれ落ちて程ない稚児でした。母が添寝の夢語りに、天草島のさる浜の水に産湯をくぐったと言ふおぼろな記憶を、何時とはなしに蓄はへて、乙女は天草を慕ふやうになりました。

かたはらの岩に体をもたれかけて沖の火を見やるとき、きまって乙女は一つの幻影を見るのです。一つの夜景、中空に流れ落ちる山の端の曲線、引き切った潮の跡に遠く消ゆる砂浜、その山と砂浜の間に夜露に濡れてそそり立つほどに巨大な舟の朽ち骨、そしてたしかにあたりに立ちこめてひびくひとつのメロディを聞いたのです。

息をひそめて見つめるうちに、忽ち拡大されたそれらの物の象を、この世ならぬ音響の渦に挽き砕かれる恐れに、叫びを上げてとりすがり、ふと気が付けば母の静かなすすり泣きが聞こえ、背負はれている肩先で、びんのほつれがふるえ合う。

もしかしたらこの世で物の怪のやうな舟の朽ち骨は没落した乙女の家の精霊たちであったかも知れません。

ヒラヒラと乙女の脛（すね）が波うちぎはにこぼれます。冷ややかな素足の感触——。砂を踏むしめりを含んだ足音が微かに続き、

物言はぬ乙女の唇から幼い声がもれる、

「沖の不知火が
もしも、何時の世にか燃えなくなったとき、
わたしの命が絶えるときなのでございます
不知火が
未だに　燃えいづるとゆうのに
誰も　その命をのあり所を
御存じないと

おっしゃるのでございます
とろとろ　と　命を保つ不知火は
自分では　よくよく　その訳を知っているのでございます。
あの火は不知火の海から渡って来る
わたくしのいのちの炎のみなもとでございますもの
あれが　わたくしを　招く火
あれが　わたくしを　呼んでいる火
極く極く稀に、おのれを見つめている火の国のをとめの真心が、一筋の悲しみになってとどく時
あの火は
不知火をとめ　不知火をとめと　呼んでいるのでございます。」

乙女は白い衣（きぬ）を着ていました。古代そのままのふはりと絡む広筒袖、無雑作に細い首筋を浮き立たせている。衿先のなだらかな合せ目が、そのままーっと胸をまとめ、その胸から腰部の曲線をくるんで砂の上へ引き流された単調な裾のゆらめき、そして乳房のあたりから右下の腰の二た所に結んでたらされた黒い紗（しゃ）の紐が肩を蔽（おお）った髪ととけ会って、それは冴え返える。月の下で神秘な静けさを漂よはせていました。

物狂ひの顔が美しく思える時があるとしたら、深夜の渚辺に立ちこもるこの海の気にむれて、打

ち伏せたまつげを開き、明滅する不知火のあの火をともした、乙女の遠い眸でなくて何でせう。物狂ひの心は願はずしてこの世の塵芥(ちりあくた)を交へませぬ。この世に悲しみを持つ程に、人は美しくなるとか申します。物狂ひの心程、一筋なものはございませぬ。この世に美しいものを求めるとしましたら、それは確かにたったひとつしかない様な気が致します。

ああ人間はこの世で一体幾辺、望みを絶つのを繰り返すのでございましょう。限りない絶望の果て、一つを捨てる為に人間は美しくなると申します。その度に悲しみが何とはなしに絹糸の様に、その細い故に切れる事なく続き、その絹糸が何時しかに一つの調べを持ち、その調べを孤独の底で奏でる時に、人間は、美しいものへ近づくのかも知れません。

たった一つの美しいものを求めて居れば嘘とまことは自(おのずか)ら見えるのでございます。この世の中のしたり顔の人々が、尤(もっと)もらしく作り上げた己ればかりの慾(よく)の為の偽りの招きに、一々応じてはをれませぬ。後を向けて立ち去る毎に、己れの欲の満たされぬ腹いせに、よい顔をしたその人々は、口を揃へて、あれは物狂ひだ、気狂ひだと申します。

人を想ふ心はその人を傷つけることを致しません。まことに人を想ふ心は、おのれの中にある、どのやうな欲念をも知っている筈(はず)です。まことに人を想ふならば、おのれの中にあるその欲念を焼く為に、みづからの胸の却火を焚き、その火の苦しみに耐えなければなりません。その苦しみを知るものは、うかうかと手を差しのべて人を招く気にはなれぬと申します。

さて乙女はひとりの男の子を想ふてをりました。楠の木立ちがうすくれないの芽を吹きそめて、その影の下に草々が未だに露を含んだ、小高い丘の上に、ユキは鬼遊びに戯れ疲れてをりました。汗ばんだ衿元にやうやうつき初める女の匂ひも、気をとめて見れば透かされる、女わらべの時期も残り少なの、あの年の頃、伸び伸びした、小ざかしい肢体を、切なげにはあはあと続けて息をついて、くの字にがっくりと折り曲げた腰のあたりに、弾みをつけて身を起こす。それと同時に、長目の河童(かっぱ)の髪をセーラーの衿の後にさっとかき上げて止めた手の動きも、少女らしい不思議ななまめかしさを持つ身についた仕草でした。その手をそのまま何気なく顔を上げた女わらべと、斜(はす)かひに走り来ったその頃も変らぬひとりの男の子、危ふく一歩の所を鉢合わせず、たじたじとすり足して、仰天した顔を見合わせました。出かけた声を素早く呑みこみ、さあらぬ態で、一人はくるりと踵(きびす)を返せば、女童は上げた手のやり所を、足元のげんげの上へ差しのべて、突嗟(とっさ)にこの度はあたりに目をくばると、かがみ込みながらふっと一つ吐息をつきました。此の瞬間に受けた一種の霊感とも言ふべきものを、生涯を支配する予感としておぼろ気ながら幼いなりに受け取った衝撃に女童は、立て続けにげんげの葉をむしるやうに五六本摘んで握りしめました。

男の子は黒い眸を持っていました。その眸の上に迫った眉は、青白い顔の色と共に気むづかしい様子ながら、それが何か愁(うれ)はし気な風情を加へて、人の気を引かずにはをれない様に思へました。

走り去った少年の手に杉の芽立ちのうす緑の枝と、楠の紅芽の小枝が手折られていたのをユキは、はっきりと覚えたのです。

十四の年の頃——。

物のあはれを知り初むる頃と申します。物の本に謹む恋とやらが何とはなしにちらりちらりと心をかすめ、思いかけぬ罪を犯すやうな空恐ろしさを、おくびにも出すまいと無邪気に振舞う心の片隅に、急に頭をもたげて、さ迫る異性の圧迫感がありました。それに耐えるには、すれ違ふにそ知らぬ顔でいる事で敢へて無関心を示す事しか、幼い才覚では及びません。あたりにはねまはる女童の群をどのやうに眺めても、男の子を想ふなどとは飛んでもない。これは大へん悪い事かも知れません。

まして、ひそかに読み知った恋と言う字が杉の木の芽を持った男の子の面影に重なる時は、慌てて不浄のものでも振り払ふやうにはねのけるのです。けれども、未知の物を追ひかける本能は、ひよいと、もひとつの言葉を嫌でも応でもつかまずにはおられません。

一つの単語として頭にあった結婚と言うこの言葉、この事を、あの子に結びつけた時、ユキは、わたしの中に悪魔が住んだと思ひました。今の言葉はわたしが言ったのでは絶対にないとむきになって自己弁解をするのです。

わたしは途徹もない悪人かも知れぬと言ふ悲しみがユキを責めたてました。右を見ても左を見てもユキのそのやうな悩みを打ち明くべき対象はありません。この頃の女童たちと言へば、意識しなくてもやうやうに女の持つ、あの鋭い直感力がそろそろ働き出して、他人の大がいの秘密はかぎ出すのです。次から次にコソコソと耳打ちしてうなずき交はす、特有の虚栄の満足、それが急に発達する年の頃の周囲の友の群れを見ては、今更ながら、改めてユキはおのれの秘密の扉をしっかりと、閉じておくより仕方のない事でした。その上、観念の上ではちゃんと異性との間柄には絵巻物の色の夢幻にぼかされた、唯あの色彩に見とれる程な憧れを持っているこちらの気持ちを知ることなく、漸く来年あたり、にきびが赤く吹き出さうな悪たれどもが、かはりかけの声を出し放題に、三・四人でかたまって、無理からぬ用事で、嫌々ながら足早に側を通り抜けると同時に、一人が「おーい、おーい」と言へば、その後をつけて一人が「ユキ、お前にや、誰それが……だとよう」と言へば、もうその後はワーッワーッと唯ならぬ程な蛮声で囃し立てる。この分ならば、人を恋ふなどとは、この世では随分と侮辱的な事であるに違ひないと、勢ひユキの悲しみは加速度に深さをましてゆくのでした。

ユキはだんだんと物言はぬ子になりました。流行し出した中原淳一の抒情画の現実ばなれした美しさに妙な反発を覚えて、小生意気にも切れ長の眸の美人画を描いて見せたユキが、どんなに取巻き連に頼まれても、もう美人画を描かなくなりました。何故かはユキにもわかりません。その頃から無意識ながらもっと切実に何か確かなものを現実の手につかみたいと思っていたのかも知れません。

ユキは己れの住む世界が目を見開く度に、だんだんと狭められてゆくやうな気がするのでした。身近に見聞きする大人の世界は、すべての事をもうけと損で計り出す。計り出すことに長けたものが我が物顔に生きている世界でした。

男と女の複雑極まりないすべての世界を、そのままに受け入れてさらりと流し、おのれの思想の中に流し込むにはこの女童はをさな過ぎました。一人の女童の悲しみがもしも大人たちに知れたら、それは、一と笑いに笑い飛ばされる、話の種にもならぬ事柄でした。男と女の間柄など、卑猥な含み笑でしか表現できぬ事のやうに思へました。

もっと納得の出来る美しいものはないのかとユキは思いました。それが出来ぬうちは、あの男の子の面影が胸に浮かぶのが不安でした。遠くから垣間見る男の子の様子はユキの存在など夢だにもかけぬ程に見えるのです。

楠の紅芽は如何しか丘の上のまなびやにカサカサと音を立てて落ちつくし、冬が来て、やがて又、丘を越えた、げんげ田の彼方の家並を越え、うすむらさきに振りそそぐ春の陽光に照らされて静まる不知火の海と天草の島に、たなびく霞が見えるやうになりました。ユキは、一日一日と異る美しさを見せる雲の色を知り初めました。その雲に今日は男の子の姿を垣間見ることが出来るか出来ないかと賭をしました。ユキは何時の間にか、現実とは、すっかり劃された、夢幻の園を胸の中に造り上げた積りでした。

けれども、杉の木の芽のうすみどりを手折った男の子が住むと言ふ里に、行って見たいと願ったのは、無理からぬ事でした。この世で美しいものはげんげの色や、ゆく雲や、伏戸をもれる風の音等で、およそ人間の中にある事と言へば、それは秋の夜長に吹き流すあんまの笛ぐらいのものでした。

杉の木の芽を手折った男の子の里は、不知火の海に流れ入る水俣川の源をなす右の谿と左の谿の、その右の谿に沿って遡る出湯のほとりだと伝え聞きました。人の言ふこんこんと湧き出づる出湯の音の合間に、宵更くればコロコロコロと鳴く河鹿の声を、この耳に聞きたいと願ひました。丘の上のまなびやに二と世の年月が立ちました。弥生のひがん梅が九つ咲いてをりました。幼い片恋のかなしみを折りとったさくらの花びらにこめて乙女はまなびやを終へて海辺の丘に帰りました。楠の病葉の紅のやうに女童の姿かたちも、乙女らしく肉付いて来たやうに思へました。乙女は見せかけ丈の大人の世界に他目には、一応は相槌を打ちながら生きてゆく術を心得たかに見えました。

嫌でも応でも大人の世界に這入りこまされる切なさに耐えられぬ時、乙女は何時も、この現実と劃して築き上げたあの夢幻の園を開くのです。其処には潮風のとどく丘の奥にこんもりと房を作った野ぶどうのつるが繁みを作っていました。甘酢っぱい、黒むらさきのつぶら実を噛んだあと舌先を懸命に出して眺めて、むらさきに染まったその色に仄かな満足を覚えた六つの日の記憶、萩草の下をかいくぐって松の林に抜けると、其処はよくしめじ茸の匂ひにくんくんむれ返り、ほっかりほつかりと、足元に白茶色のしめじ茸が松の朽ち葉をもたげているのでした。

未知のものへの恐れ故に、乙女のひそかな園は、このやうな追憶の蓄積で埋られてゆくほかありません。

生きる程に美しく――

人恋ふる程に美しく――

とは、どんな事なのでせう。その美しさに到達したとき、乙女が遂にこの現世の中一ぱいに、もひとつの園を拡げ切った時なのでせうか。

黄色く打ち開いた女郎花を、一握り手折るのは、それは、長い時刻が要りました。

物売る店の軒先に出された、あのつややかな大粒の丹波栗、丘の林の栗の木は、むいてもむいても、ころっと、こまっちゃくれた小さな笹ぐりばかりでありました。しぶ皮の残っている栗の若い実を食べると、稲の実のやうな妙な味が致しました。

萩の花を頭にかざすのは骨が折れるのです。

あれは、十五夜さんに全部上げたがよいでしょう。

山ざくらの枝先の赤いさくらんぼは酸っぱい。

吉野ざくらの黒いさくらんぼは苦いのです。

咲き乱れた椿のたをった太い枝に踏んまへて、どっとん、どっとんと拍子を取ると、群り落ちた、真赤な花が三つ葉ぜりの中からも、げんのしょうこの中からも、白い茶の花の中からも、すっとこ、すっとこ飛んで出て、そしてどっとん、すっとこと、並んで歩く様な気がしました。

この小高い丘は、とても大きなお山のやうに思へました。

お山へ這入る度に、きっと目新しい物が待っていました。赤いぐみの実も、一本しか無かったあけびのつるも、みんなこの綴れをまとう山姫の所有でありました。

山姫――

実際この女童は、草の花々で飾り付けた蓬髪がそのたしかな重みを感じ初めると、尤もらしく目をつむって見るのです。

六つの日の山姫には、奇蹟を信ずる事など、たやすい事でした。絵草紙で見た、お姫様の裾長の装束をよく覚えてをりました。白馬から降りて、なよなよとしたひいさまの振袖を抱へ上げる若者の、りりしい太刀のそりもよく覚えてをりました。

今にも、そのやうな事が起るに違ひないと思へば、小松の林のつる草の中にうつ伏せて、女童は我知らず、うっとりと時を過ごすのでありました。

一と秋のうちに女童は、すっかりこのお山の地形を覚えました。ある時は、萩の繁みの中から顔を上げると、すぐ手のとどく辺りに、一羽のきじを見つけたときもありました。

たった一追ひで、どこをくぐったのか、そのきじは、途方もない所へ姿を現はし、その次も今に悔みを覚えました。

も捕へたと思ったときには、皆目行衛が知れませんでした。この時ばかりは、一人で来た事に、悔みを覚えました。

大人になりかけた乙女は、求めておとぎの世界をのぞきます。乙女はそこで、彼女の幼時の再現を視るとき、無垢なものに対する郷愁をかき立てました。ふたたび見失ふまいと彼女の園に蔵するのです。

あの男の子のことを乙女は忘れてはをりません。乙女には最早奇蹟を願う心はあっても奇蹟を信ずることは出来ないのです。奇蹟の場面を空想する事は出来ました。然しその場に連れ出される男の子は已れと共に大人の域に生長した男の子ではなく矢張り、杉の木の芽のうすみどりを手折った愁はし気な、少年の面でありました。

こんこんと、いで湯の湧くと言ふ里は、どのやうに美はしい里かも知れぬと、乙女は小さな山波の彼方を見やるのです。山波の奥からひたひたと悲しみが押し寄せました。

せめて唯一と思い度、已れに振り向けられる男の子の微笑みが欲しいとひたすらに願いました。

一夜、思ひあぐねた末に乙女はありなしの、物の本を金に替えてためらひ勝ちの足を出湯の里に向けて進めたのです。

書きためた短冊を持って――。

くねくねと、何処までも曲がってゆく道でした。

「谿ぞひの切り岸道を　ほろほろと　涙ながしてゆきにけるかも」

乙女はそのやうな事を、幾辺もつぶやきながら、己れの姿の哀れさに、立ちまどひながら、やっとのことで夕暮れごろを、出湯の里に辿りついたのです。白い湯気が立ちこめて、湯の宿の灯火は暖かそうに見えました。

乙女は心願の国へ来たと思ひました。

願ひ続けた河鹿の声を深夜の枕に聴いたとき、乙女は凍る様な寂寥の想ひに打たれたのです。殆(ほと)んど無感動の程な、涙も出ない曽(か)ってな寂しさ、

「ああ、心願の国は

このやうに――

寂しいところ……」

その儘(まま)眠り過した。

かなしい夢を見ていた。

私は野面の中の一本道を歩いてをりました。私の左に開けた視野の中に一筋に引いた白線がありました。その線の中は、息つく間もなく吹き続く嵐が通る。まともに受けたら体をよじられる程な風、それが、ビリッ――と震動する巨大な一筋の帯の様に、まるであの白いいなづまほどな速さで山から崖を吹き下し、木立ちを巻き込み家並みをつっ走る。そしてその痛みの為に巨大な帯の流れ

は、耐えかねた様に白い噴煙を吐く。私のかたわらをその嵐が突き抜ける。私は一輪の天竺あをいを持っていた。ぴちゃぴちゃとはだしで野面の中の道を歩く。一輪の天竺あをいに、思ひつめた期待と、胸のどきつく程な絶望への不安とを混同させながら私は乙女の群の中を歩く。口を開けばその絶望へのおそれが、声を立てた箇所から口を開けて忽ちビリビリと音を立てて、私を呑む程な差し迫った気配におののいてをりました。

息の吐き場のない苦しさに、怖々と左の方を見やるのです。

一筋の白い轟音――その轟音の間に、わづかに息を吐きやり紛らせました。

噴煙を吐く一筋の白い轟音――

この中に身を任せたら、あの救ひと言ふものが、あるのかも知れないと、私はひそかに思ったのでございます。

けれどもわたくしは、わたくしをとらへて離さない、期待と絶望の極点の高鳴りに引きづられ、その嵐の地帯を、乙女等の群と共に立ち去ったのでございます。

冷いやりとしたまなびやの中、板間の上で、男の子の姿を見えないことを直覚していました。わたくしに向けられる彼の悪童どものあの無関心の関心といふ視線を感じてをりました。不思議な静寂が漂ふてをりました。

やがてその静寂の中に、もうひとつ憐憫（れんびん）を含んだ、直視しない、沢山の眸を感じたのでございます。男の子の黒い眸が足りませぬ。

ほっかり、と私の中に穴が開きました。

一輪の天竺葵は、はらりと床にこぼれました。天竺葵は、うすい蒔色をしてをりました。こぼれた花びらのひとつが、くるりと一つ舞ひました。またひとつ、くるりと廻って、それから徐々にあたりのすべてが、大きな渦になるかと思へました。

ああ、あの轟音が来る——

乙女は己れの叫びに目がさめました。

谿の流れがちろちろと錯綜して、いやました寂寥の胸を噛みました。予言を聞いたものの素直さで、乙女は寂寥の想ひにひたりました。

その儘眠らず過ごした乙女は、夜の明けやらぬ中に、湯の宿を出ました。

今更に男の子の姿を垣間見ようとは、空恐しいことでした。

振り返って見た、出湯の里のともし火が一つ、湯の香の中に、濡れた光をしてをりました。

乙女はこのあかり一つを、忘れまいと思ったのです。

明けやらぬ谿間の道を、残月が淡く照らし、乙女の影が、流れの音と共に薄く薄く、ついて下りました。

小半刻も経ち、やがて万象が朝の光の中に浮き出されたとき、この朝の光に耐えられぬやうに肩を落して乙女はまるで、罪人のように歩いてをりました。

「谿ぞひの切り崖道をほろほろと涙こぼしてゆきにけるかも」

唯ほろほろと涙をこぼしながら、曲がって続く道をゆきました。この道は無限に続く道かも知れないと思へました。

出湯の里に濡れていたともし火の色は、あの火は何の火であらうかと、思ひ続けました。

するとふいに、ふるさとの海辺の沖にともると言ふ、不知火の火はあの火かも知れないと言ふ気が致しました。

「あの火のところへ
不知火のところへゆきたい」

まじまじとその火を見たやうに思ったのです。

海辺の里に帰った乙女はやがて天草の見える渚に立ちました。

あの海の丘へ不知火のところへこの命を移したら、せめて男の子が一生のうちには、わたくしを見やる時もあらうかと願ひました。

けれども、不知火は、とこしえに尽きることのない灯火のかけらを、乙女の胸に点けて、もとの渚へ帰してくれました。

一と口「不知火の火が一つともった」と申しました。

里の人らにかこまれて初めて目をみひらいたとき、乙女はもう誰とも口をききません。里の子らを集めて歌を歌ふこともありません。里の児らが物狂ひだと言ひました。

杉の木の芽と、楠の病葉の紅い芽をつみながら丘の上をさまよいました。胸の中は、あの夢幻の園で一杯になったのかも知れません。

けれども矢張り、不知火のともし火を胸に一つ灯している故に、悲しみ丈は、尽きることはありません。もう物の役に立つこともない彼女でしたから、このわずらはしい世の出来事に一々心を使ふこともなかったのです。命の続く間は、ことごとくその命は、乙女のものでした。

何時の間にか其処で、乙女は胸に溜まった悲しみの数々を細い糸につむぐ事を覚えました。その細い細い絹のやうな糸は、一つの音色を立てました。その音色は、魂がうつし世にあったころに聞いた、トロイメライのやうでもありました。とろとろと明滅する不知火のあの静けさの間に打ちふるえる微かな微かな音色でした。

その音色の中に浸るうちに、魂が、いつかきらきらと透明に輝いて、浄化されることを、乙女は何故ともなく物言はぬ胸のうちに信じてをりました。

丘の頂に上ると其処はいつものやうな風が吹いていました。それは、男の子のいる高原の出湯から吹く風であったかもわかりません。物言はぬやうになった乙女には、風の音も、一茎の草も、あらゆる自然の一つ一つが、みんな、言葉を持っているのが、ちゃんと判ります。何のためらいもなく、それ等のものと、言葉をきくことが出来ました。無垢なものを願いつづけた乙女は、すでに、幼い頃の思ひを追って、野ぶどうの繁みや、十五夜さんに上げる萩の枝に、全霊を捧げていたかわかりません。

不知火の海から吹き渡る風に黍(きび)の葉が、カラカラと鳴り合う頃になりました。

カラカラとなる黍の葉に乙女は、じっと聴き入っている風情でした。

「黍の葉カラカラ鳴りよ

〔欠落〕

引き潮の波の上へ
乙女が立ち止りました
落ち窪んだ優しい眸の中に
あゝ
点滅する不知火の霊火
一つ―― 二つ―― 三つ―― 四つ――
また消えて 一つ―― 二つ――

肩を蔽った長い髪の二すじ三すじが
透明に濡れた頰の上に　はらはらと、
その夜からもう誰も乙女の姿を見たものはないと申します。
数日、経った、ある朝、恋路島の磯に一葉の短冊が流れておりました。
「われはもよ　不知火をとめ　この海に
命火たきて　消えつまた燃えつ」

〈四〇〇字詰原稿用紙三〇枚に書かれ、綴じ合わされている。一九歳頃の作品と推定される。『熊本日日新聞』二〇一六年一月六日、八日、九日に掲載〉

無題

藤村操（みさお）は華厳の滝へ飛び込んだ。

私は青酸加里をのんだ。

藤村操はそうして死んだ。

私はまだ来るなと、えんまの庁から追ひやられて来た。要は、それだけの違ひでしかない。

今だに、藤村操を私は懐かしく思ってゐるし、首尾よく死んでゐたら今頃行って話をしてゐたのかも知れない。彼は、うまいことをやった。

もう、どうせ迎ひに来るまで待たなければならないから。折角のこと、今度行くまでに土産話をなるだけ沢山作っておかうと思ってゐる。

サイの河原で、幾年かの後「あなたの巌頭（がんとう）の書とあたしのひとりごとを見せ合ひませう」と云ふのも面白くないこともあるまい。

藤村操は男だつたし、私は女である。

そして藤村操は私が生まれもしないうちに死んだとの事であるから、勿論私の恋人でもあらう筈も無い。

けれども、藤村操も私も余り大差はあるまい。つまるところ愚かな人間であつたらう――又、私も愚かさに於いて負けやしない。何となく懐かしいと思へるのは、其の大差なく同じやうな道を蹈んで愚かな人間界を行きつつあつた――そこらあたりが、何となく親しみが持てるのかも知れない。

人は何時までも人なり、みんな人なり。

生は生、死は死。

時々ぢたばた騒ぎ出す人間を、神さまばつかりがにが笑ひするでせうよ。

自殺未遂心理過程

ちりりつと舌を刺激する辛さを、それと、妙に沁み渡る酢い苦い味だつた。私は反動的に吐き出してしまつた。嫌な薬……これを呑まなきや死なないとは……青酸加里の小瓶の前に私は圧倒されさうになつた。嫌な薬だ唾液のついてゐる指先を何だかゾッとしながら慌てて拭いた。拭いたチリ紙を丸めながら外をのぞいた。誰もゐない。誰もゐないと思つたら、溜息が出た。弟の声が遠くで聞える。我ともなく耳をたを見たけれど、又遠くへ消えた。

――別れ――

そんな言葉が、私の意識の上空をちらと通り過ぎたやうに思ふ。それはあくまで言葉だけの空虚さでしかなかった。でも私の全神経は机の下で握りしめてゐる小瓶へ集中してゐたから。

とっても呑めさうにない？……

（オヤ、ではお前死なないおつもりなのかい。本能と云ふ出しゃばりの前に猫をかぶって引き下るおつもりなのだらう）

例の皮肉屋の私の精霊？が又私を追って来さうになった。

（いいや、死ぬとも、死にますとも、本能なんて下等なもの、下女に私はならないつもりよ。

何よ、こんな、命の一つ位、……でもこんな命と云ったけれど、たしかに私にとっては私の大事なものに違ひなかったのだわ。私の一番愛してゐたものなのだわ、其の生命を捨てやうと云ふ時。さうね感傷も沸いていい筈よ。まだ私生まれてから、十八年しか経ってゐない乙女じゃないの。いくら私に愛想が尽きてしまったからと云って私がひそかに誇ってゐる、残り少なくとも保ってゐる、純情さ純真は持ってゐる筈よ。

「其の私」だけを、よりひそかに抱いて愛しみ、守りつ、此の世にそっとさよならするつもりの私じゃないか。

さうよ、私、死ぬのよ。死ななきゃならないわ。

お！　惨めな現実の世に、惨めな現実の醜い限りの私を、一刻もさらし度くない）

弾かれたやうに私は、掌を開いた。机の下で壁の穴からの、冬のこぼれ日が、ホヤホヤと瓶から汗気を登らせた。

でも此の好かない味――

死に対る（たいす）憧憬的欲求に半ば陶酔してゐた気持を少し壊されたやうな気がして、私は青酸加里なるものにいささか憎悪を感じて来た。

畜生、呑んで見せますとも！

と其のやうな心も働いたかも知れない。

何としても、如何にして呑むべきか、要は其れだけである。本能と云ふ奴（私は、ひどくこれを軽蔑してもゐるけれど、恐れもしてゐるので）がないならいいけれども、口に含んですぐ又吐き出したらおしまい。口に入れても味を感じない呑み方？……　最後の死と云ふ時でさえ。より楽な死に方を求めるのか。……　オブラートが無いから代用品でとおもひ付きながら、私は苦笑した。かり立てられるやうに、日本紙に私は薬を包んだ。薬が口内で破れ出さぬやうに。私は深夜の科学者のそれのやうに、二包の即製固形薬を創るのに腐心した。

掌に乗せられた真白い二個の毒薬

出来た！

ドクドクッと掌に生じた血潮の高鳴が電流の如く全身に廻り切ったと同時に私は目をつむってし

まつた。

予期しなかつた昂奮が五体を駈けめぐつた。私は一つの鼓動体となりつつ湯呑みに湯を注いだ。カチカチと鉄瓶の口が湯呑みのふちにふるへた。あらゆる感情が死を予知して、其の為に私の肉体の中で最後の燃焼をし尽さうとしてゐるのかも知れないと思へた。

こんな曽つて経験した事のない異常な心境の中で私は、自殺しやうとするもののみの用心深さで？もう一ど、自分を振り返つた。手落ちは？……私の短い一生が終らうとするのだ。乙女のままで、持つてゐる一番美しいもののみを抱いて逝かうと思つてゐる私。なんだか、私が惜しいやうな気もするけれど、でも、惜しい私を捨てやうとする私に満足してもよからうとも思へた。感傷でもあれ、乙女の純情さを認めてよからうと思う……此んな理屈を付けながら私は、めつたに開いた事の無かつた紅を出した。

——最後のよそほひ——

(誰に見せやう為？　……誰にでもない……　私は天国へ嫁入りするのよ。でも行つた事もないあの世に誰が待つてゐるのさ。まあ！　私は死ぬ事にすら空想をつけたがるのね)

下し立てのパフの新らしさが気持ちよかつた。生まれて始めての沁みじみした気持ちでの薄化粧の中で私はうつとりとなつた。固苦しい束髪のまげを解いた。私の一番好きだつたむらさきの小布をさいて、お下げの両脇にリボンをかけて鏡の中の私は思はず微笑んだ。（あなたはささやかな美を愛するのね）といつか、私の小函の中をのぞいて、細々とした私の「コッタウ品」の中から、その小布をつまみ出しながら同僚が言った事を思ひ出した。最早私は一人で人形ままごとを楽しむ幼童の無心さに返ってゐたかも知れない。

「道子、道子よ」口のうちでつぶやきながら私は、自分がいとしくて、なんだかたまらなくなった。可哀想になった。隅なくそして薄く伸ばした口紅の柔らかい唇の丸い感触を人差指の先に満足して私は鏡から目を放した。風の入らない窓ガラスを通して日が畳の上に斜めに差し込んでゐる。冬の日に珍らしい程なポカポカした太陽だった。三時半——。

収まってゐた胸が、また騒ぎ出した。流石に目をつぶった。ひんやりした日本紙の味が生ぬるい水に突きおとされるやうな勢で咽喉を通り過ぎた。二つ目。もう私は死にもの狂ひだった。胸の中から押し上げて来やうとしてゐるものへ私は我武者羅に温湯を注いで対抗した。何べん目かの湯を共に咽喉に引っかかってゐた二つ目が悪感を伴ってすべり落ちた。

呑んだ——あ！　呑んだ！——

この辺に、この辺に薬が、薬が、日本紙が音を立てて包を解いて今、薬が流れ出してゐる！　見える見える。そんな言葉を魂が口走った。湯呑み茶碗をほうり出すと一緒に私は胃のあたりを両手でおさへずにはゐられてなかった。おさへた儘机の上に顔を伏せた。突然淋しさが襲って来た。

——私は死ぬ——

もうすぐ死ぬ？　ほんとかしら。ああほんとだとも。でも、でも、あたしは心細い。一人で死ぬなんてこんなに淋しいのかしら——

——生き度い気もするなあ……ホホ！　何よ今になって。お前があんなに熱望した死が、ほら、そこに迫ってゐるじゃないか——

胸を全身で抱かなければ私は、淋しさに堪えられなかった。

——あ！　一人で死ぬのは頼り無いなあ——先の見えない長いトンネルに、一人で立った頼り無さにも似た、いや、それ位のものではない。もっと切実な、何かにつかまってゐなければ魂が抜け出してしまひさうな不安だ。

（もっと静かな私に返るんだ。静かに沁みじみと最後の私に別れを告げなきゃ駄目じゃないの）

生汗のにじんだひたひを私は、あへぎ乍（なが）らかき上げた。ひんやりと冷たかった。額に手を当てたまま私は立ち上がって見た。何だか足の力まで抜けたやうな気がする。無意識に窓の方へ歩み寄った。葉の落ちた桐の無愛想さと春の緑の畦とがボンヤリ映った。静かだ、誰もゐない。誰もゐないと、なほ心細い気がした。

胸がむかむかする。頭が顔が無性にガンガン仕出した。（苦しいのかしら。オヤ、矢張り苦しいらしいわ）何故ともなく先頃青酸加里自殺をした近衛さんの白装束姿の写真を思ひ浮かべた。三〇分後には、絶命の模様とあの記事が浮かんで来た。私は慌てて又座った。座って「ひとりごと」を展げた。早くしないと息が切れたらと追ひ立てられるやうにペンを握った。

いつの日かのぞみすべてを捨てしより

紅も衣も心うとけり

と書いた。最後のページを展いて、其の次に

——一月四日——

彼女は病的な程な厭世家であったらしい。

そして、そして

ここまで書いたら胸の中がぐるぐる廻転(かいてん)し出した。私は又目を閉じてペンを握り絞めたまま其の上にうつ伏した。(いけない早く書いてしまはなきゃ)左の手で身体を支えるやうにしっかと机のふちをつかんだ。又、書き始める。目がちらちらして、手に中心がとれなくて、字が唯白い紙の上に這って行くやうだ。

それを決定づけるものは、彼女の運命として、死より他には無かったらしい。彼女はひそかに守って来た。純情を最後まで、ひとりで抱いてゆくつもりだったらしい。

——一月七日午後——

これでいい。

私は、私の死後に起こるであらう人々の臆測や噂さの種類をあれこれと想像して見た。

(みんな、少しづつは当るでせうよ。でもみんな違ってゐるのかも知れない。そして私の死因も生きてゐた私も、ウヤムヤの中に何時とはなしに忘れられるともなく誰からも忘れられてしまふに

違ひない。本当の私を本当に知ってくれる二、三の人にだけ私は今心からさよならを云ひますことよ。そして私以外の生きてゐる人々のすべてに幸を祈りませう）

溜息をつらと共にひとりごとを伏せた。（死後に誰からか読まれるんではひとりごとでは無くなるじゃないの。でもいいわよ、ひとりごとと云ふ言葉其のものが相対を含んでゐるかも知れないから……オホー、わたしと云ふ人間、何て理屈っぽいこと）

突然、五体の先々から波を打って押し寄せて来るやうな苦しさが胸をつぶしさうに、と思ったは瞬間のことで、新聞紙を口の辺に当てるより早くつーんと咽喉を刺激しながら上がって来たもの……。げっそりとしたやうな、ホッとしたやうな体のゆるみを感じて私は吐いたものを見る元気もなく新聞の汚物を目を閉じたまくるんだ。（死ぬのも楽じゃないわ）耳鳴りが少し止んだやうな気もする。相変わらずひっそりと静まった四囲だった。

（どうして此んなに淋しいのかしら。死ぬともなれば矢張り違ふのね）

ふと畳の上から顔を上げたら置き忘れたやうに鏡が机の上に立って天井を映してゐた。

（さうさう、あたし鏡を見てゐよう。あたしの最後の表情を自分で見て見たい、懐かしいあたしだったに違いないもの）

唇はまだ仄紅かったけれども、定まらぬ視線の中から序々に心持ち蒼ざめた私の顔を見きはめることが出来た。ほんとに、いとほしい道子、そして、馬鹿な、でも可哀想な道子、思ひ乍ら、始めてハラハラと涙がこぼれ出した。私の一番好きな花、遂に名前すら知らなかった田んぼの畦の湿った所に咲く、金平糖に似た小さい花、あの花を私の棺の中へ入れて下さいと云っても、誰でも其の花を知ってゐるかしら。お伽話のお姫さまを気取って、幼い頃からかんざしにしたあの花。……私の一番好きな歌、カラタチの花、私の枕元で誰か歌って呉れないかしら。

カラタチの花が咲いたよ
白い白い花が咲いたよ

声が思ふやうに出ない。鏡の中の私は顔をしかめた。

からたちのとげは痛いよ
青い青い針のとげだよ

まるでひとの声みたいだ。胸の奥からいつものやうな声が出ないものか。

からたちは畑の垣根よ
いつもいつも通る道だよ
からたちも秋はみのるよ
まるいまるい金の玉だよ
からたちのそばで泣いたよ……みんな……みんな……やさしかったよ……息が息が続かない。又

鏡が曇って来て私はあたりを見廻し乍ら涙を拭いた。

何となく顔の色が青さを増して来た。背中がゾクゾクする。寒い。心臓はひとりで勝手に鳴りを高めて瞼の表まで伝って来る。何だかもの憂くなったが私は起き上がって丹前を引っ張って来た。背中に引っ掛けるのも気だるかった。

（又と無いいのちを此の世から葬り去る事によって、其の人の〝こころ〟のすべてが、はっきりと映し出されることと、少なくとも残された地上の二、三の人が（それで満足するとして）せめて――受け取って呉れるものなら……私は！　〝死は無限である〟と叫び度い）

（此の大宇宙の、ほんのささいな一部分を形造ってゐるにしか過ぎない人間の然かも其の個々の一人一人の生死なぞ、例へば冬の夜の流れ星が誰も知らない間の宵空に消えてしまふやうに、はかない、当りまえの何でもないこと。就中（なかんず）く私なぞの……）

（他人の為の正直に自己を騙る矛盾、それが人間性？　修養も生きんが為の欲望？　からだ……？と考へるとき、わたしは倦（う）んでしまふ）

こんな事を次々と思ひながら私は意識を失ったのか其れとも眠ってしまったのか、其の先のことは一向に覚付かない。

……私はこのまま逝くのだなあ……ちらと其んな事も遠いこころのどこかと通り過ぎたやうな気もする。

×　×　×

身内がギリギリと音を立てて燃えるやうな苦しさの中に私はがばっと起き立った。（青酸加里を、どこにしまったかしら、誰にも知られ度くない。誰にもわからないところへあの残りをしまはなくちゃ）体が借りもののやうに動かなかった。

目が見えない、手がしびれてゐる。でも探さなくては。知られては嫌なのだ、机の把手らしいのが手に触れた。夢中でそれを引き出した、其の中をかき廻した。何だかベタベタする。何んだ違ふ。これは弟の机だ。指先にからまったのは、弟の靴墨だらう。靴墨の匂ひが微かに鼻に来た。うす暗くなったらしいと思ったが其の時目が見えたのかもしれない。

「何ば、こん子はしよっとじゃろか、ホラホラ靴墨じゃが……こげん気分の悪うなっとなら朝から床についとればよかて……」

不意に耳許でけたたましい母の声がした。私の指先を紙で拭いてゐる。

「どげんした、どげんした、どげんしたっかな」。弟の声だ。一だ。

早く青酸加里をしまはなくちゃ、でも体が動かない。両手で体を支へて畳に這ったまま私は声を振りしぼった。声になったのか私は未だに知らない。

「セイ……サン……カリ……」

のどの奥から誰かが私の声を引き下げてゐるのだ。

「一！　はじめ、お医者さん、ふとん……」

母の声が狼バイしつつ甲高いひびきを残してそれっきり又遠くへ去った。

× × ×

枕元で何だかがやがやと人の気配がした。

（何かしらん？　でもずゐぶん此の苦しいこと。胸を誰がおさえてゐるのだらう）

「アッ！　起きちゃならん。起きちゃならん」

（胸をどうしたのかしら。息が出来ないじゃないの）

「吉田さん、吉田さん、吉田さん」

（ああ先生と牧田さんが呼んでゐる。でも今日はクラス会で楽しからう。楽しめる人は幸福よ。あたし、其んな人の為に幸を祈りますことよ。私が死ぬことは先生方が想ひなさる程には悲しいことではありませんのよ。さう道子はかはいさうでもありませんのよ）

胸が急に冷たくなった。誰か私の手首を握ってゐる。人声が近くなった。「お医者さんの待ち長さナー」と云ってゐる。

「ああ、生きてゐる！」

私は直感するなり、先刻呑んで間もなく吐いた瞬間のことを思ひ出した。しまった！　あの時薬も一しょに吐き出したらしいと思った。

「息づかひがどうして只じゃなかもん。あた」

「ふるいおらすとばい。足も手も冷たうしとるもね」

「早う又其ん水ば替えて油断せんごつ心臓ば冷やさんば……」

隣の小母さんの声だ。後の小母さんも静子さんも、つや子さんも、みっちゃんもゐる。

（アーア、又死ななかった……矢っ張り……〃運命は必然的だった〃……息を意識してゐる私はもう助かるでせうよ）

何辺か、胸の湿布が替えられた。枕元の人声は益々、自分をとり戻して来る私の耳に近くなった。

牧田さんと岡本先生の声も本当に聞える。クラス会は済んだのかしら。

「どう云うもんじゃろか。午過ぎには、冗談どん云ふて机の上に座っとらしたっじゃが……」

この人たちはまだ真相を知らない。あ、一がお医者さんを呼びに行った筈だ。あの子の事だからきっと一人では行くまい。あのグループは少くとも、薄々私を怪しんでゐたのかも知れない。困った事になった。

――仕様のない私――

入り口ががやついてゐる……とうとう……

「どげんしたっち」

出し抜けに太い声がした。私は「ホー」と内心想ひ乍ら其の医者の顔を見た。医者らしくない顔だと其の瞬間おもった。（此のお医者さん少々変人らしい。さあ今から叱られるぞ。死んで花実が咲くものかと云ふに違ひない）半ば首をすくめながら、私は其の医者の後へ目をやった。

こはばり切ってゐた魂を急にゆすぶられたやうな気がして思はず涙が出さうになった。が、泣いたらきまりの悪いこと此の上も無いと思った。今は泣くまい……さうこらへて私は又医者の方へ目を移した。日はすでにとっぷり暮れて、息をひそめてゐる周囲の中で、医者と私との一問一答に、ひとびとは、一々神経をおびやかされたかも知れない。馬鹿に明るい灯が真向かふから私の顔を照らして一段と面映ゆかった。

四本のうちの一番あとの注射も痛かったが胃洗浄も苦しかった。

——ほんとに手を取らせるあたし、

でも仕様がない　お目出度い死にそこないだこと……

そんなことを何べんも胸の中で私はつぶやいた。

さて医者は——

私が予期してゐた通りの言葉を次々に並べて説教を仕出した。

（ハイハイ、よくわかってゐます。私は運命は必然的だと今考へたばかりですもの）

さう云はふかしらと思ったが、医者から来る好感からか、其の言葉が満更有難くないことも無かったので、自殺未遂者らしくおとなしくしまひまで聞いてゐた。

しかし、
あの薬がここ辺にあると思って胸を押さえた瞬間の、何かにすがりつき度いやうなあの淋しさを、私は今度死ぬ迄決して忘れないであらう。

私の人生史上のうちの、興味を持っていい一ページだと思ふ。


——昭二二、一、二〇——

〈四〇〇字詰原稿用紙に書かれ、綴じ合わせて表紙をつけ製本された小冊子となっている。タイトルはついていないので、このたび「無題」とタイトルを付した。筆者は生涯自分で装幀したノートを作る趣味を持っていて、同じころの自装本に歌集『虹の国』がある。この一文は昭和二二年一月四日、自殺を図った事件の記述である〉

霧島に行ったときの日記（十九歳）

隣室にふたりの画家あり。

いつもの気紛れの旅であれば、どんなにこの芸術家たちから、いのちの糧を見出し得る喜びにひたることが出来るであらうに——。

「——いや！　自分の絵が描けるやうになったら、大したもんですけど、自分の絵が描けないから……これでも命がけの仕事です」

と。私もそんなものがほしい。命をささげて悔いないものがほしい。いのちを「辛うじて」でも支へてゐるものを、この目ではっきりと見定めて、つかんでゐたい。

芸術を愛するには才能を云々する必要はない、とその画家は云ふ。それは本当のことだと疑はない。が——、美ならざるものに、身動きならぬ程にひしめき寄せられたあへぎの中で、美を発見することが出来るであらうか。打算や惰性や屈従の生活苦の中から飛翔するか、己れを犠牲にするか、まわりに犠牲？を作るか、何れにせよ、そして最後に得るものは果して恋ひねがふ美しい輝かしい力強いいのちの躍動であらうか。

果しない迷路——迷路？　いや、私の道のあとは、ひょっとすればひとすじであるかも知れないのだ。それが余りにも無限なるを知るが故に……

この世で正しいとか正しくないとか勝手に定められた既成道徳になるゆえ、私はこだはってゐるのであらうか——。あゝ！　なんでもよい、ひとすじの純粋さに飛び込んでゆきたい。

旅に逢ふ。旅をするひとびと——私は初めて旅に出逢ふべきひとのすがたを、このふたりの画家に見た。三脚、カンバス、絵具まみれのズボン、くすんだ中に燃えたぎってゐる情熱の眸、絶対に屑になってふわふわと消えてしまはないそのひとことひとこと——、私の遠い憧憬がいきなり目の前に前ぶれもなく出現したおどろきと歓喜！　まさしくこれなるかなと私は、私のをさない感激を敢えて否定しない。

しかし、もはやおそいおそいと私はかなしくつぶやく。隣人よ、永遠の美の追求者よ、御身等のその美の中に、わが小さきいのちの終りをも認めて給はるや……

俗念、生活苦の一切を忘れむとて山へ——、昂然と山を描き入る、いのちを握ってゐるひとたち——でも殊更にそれらを逃れねばならないと齷齪せねば芸術も美も有り得ないのか。あゝ果てしない人間苦。

霧島の霧、高千穂の風、うれはしげのカナカナのこもり音、とこしえのさすらひびとの影よ映像よ、ひびきなす郷愁よ……

隣なるひとびと、我がふるさとのありかを聞き給ふ。水豊かなるふるさと、空和めるふるさと、汝が暖かき息吹きは、なぞ我のすべてを離すなと抱かざるよ。

大浪ケ池のほとりに野宿するとて、ためらひもなく勇み立ちて、絵具まみれのズボンの二人のひとは出でゆき給へり。そのいざなひに訳もなく躊躇して、なぞ我が高原の夜に死ならざりしか！思ひ返り直ちに後を追ひたりしかど、遂に山路は底ひなく深まりて二人の足跡を消したり。

あゝきみ等我がふるさとをおとづるるの時、われもはやきみ等と共の世にあらず。願はくばわがのこりの若さ夢のかけらをふるさとに拾ひてよ。我、我が山の辺のをはりのすがたを写しもらはざりしカンバスを悔ゆるなり。その楠見といへる画家の詩をもらひおかざりし事の惜しまるる。

ふるさと、ふるさと、あゝふるさとのひとびと　われを愛するひとびとよ。御身等にそむきてわれやひとり、をさなき夢をひた抱きて、わが青春を高千穂のふもとに葬らむとす。

われが吐息をさへぎるものなけどわれが限りなき叫びにいらふもの唯山々をめぐる万象の沈黙のみ……。

——二二・七・二十・午後二時——

高千穂に死なう。山にひとりで死なう。女学校のセーラーで、私の青春を飾って、お下げに結って、そしてまだしも私のいのちの終りを美しく見てくれてさうな二人の画家を隣り合はせて。たのしんで書きためた辞世を撫でさすりつ、亜比酸の小瓶のふたをとり、谷川のしづくをすくって――

高千穂の中腹の小松原の風にふかれて幾時間ほどか……。

そして三辺目の自殺未遂のいのちをあざ笑って、又ふるさとに呼ばれて帰ってきたのです。

〟自由で孤高な境地〟

それは刹那に、とらへた瞬間に永遠に消え果ててしまふ肉体のいけにえを条件とする。然かもこの世にたったひとつしかないもの。それでいてそれが欲しくてならないのだ。何物にも束縛されない孤高な、この世からひょいと身をかはして、この世びとたちの手の届かない所から、ゆるやかに笑ひ返される、そんな高い高い透明なこころの具顕を！

たった一息といふところなのに、たった紙一重にも足りない生と死とのほんのわずかな一線の前に、私はクタクタにいつもほんろうされる。

空しい徒労がガラガラと音を立てる。ガラガラと音を立てるそのポツンとした音のあとに、声のない笑ひがにんまりと追っかけてくる。そして私はその含み笑ひのあざけりを永遠に追っぱらう事が出来さうもない。

――七・二四――

愛する事はたやすい事です。しかし愛しやうとつとめることは非常にむづかしい。生きるよろこびもなく死ぬる決断もなく、早く病気がくればよいなぞと、宛のない寿命を待って柳の葉が散るやうにひっそりと人生を諦観して……おゝ嫌だ！　私のこの無為の静けさの沼から誰か引っ張り上げてください！

目の前に出て来ないものか。一体何なのか！

何かをつまみえない。真実とは何か。美とは幸福とは。

おろかな徒労――　道子よ、お前のあがきは徒労に過ぎないのか。いいえそんな事がある筈はない。たしかにあるのだ、どこかに――絶対に純スヰなものが。その純スヰなものをせめてこの目で見るなりとして見たいのだ。私は私のねがひを決して捨てやうとは思はぬ。私の今の新しい生活が私のねがひを若しもこはすやうになれば、私は折角のこの生活を捨てることを惜しまないであらう。新しい生活の中から、私のねがひにかなふそれらのものを今私は血まなこで探してゐるのに……。

一体何べん目の事がらが絶望と名付けられ得るものであらうか、絶望といふ段階が一体いくつもあるのかしら。

――八・一〇――

をちこちのなべてのひとに消息を絶ち始めてから、一年近くなる。そんな静けさの折々に花火でもはぢくやうに私のこころが光ったり、そしてまた目をとぢる。ゆのつるに遊び、高千穂に旅し、その旅に死なず。それでも私のいのちは辛うじて息をしてゐる。生きてゐるといふ生理の本能だけで……。いや、そればかりではあるまい。私だって何も死が最上のよいものであるとは思ひ切れないのだ。死よりもその他に欲しいものがあるのだ。欲しいと探しても見付け出だせない腹いせに、私は自殺を考へるのか？　だとしたら私はひきょう者ではないか。いや、そうでもない。死といふことも美しいものだ。

たしかに、

其処ここにころがってゐる、道徳といふ立派さうな借着をつけた大人の欺瞞や虚偽や偽善のエゴイスト達の中身よりは、たしかに死は勇ましくて誠実で、美しい筈だ。

然し死は悲しい。この上もなく悲しいものだ。

そのひとにとつても、そのまはりのひとにとつてもこんな悲しいことはないのだ。

それを思う丈でも私は、死を最上のものとして決行するには、いつも私はためらつてしまふのだ。


人生が恋で救はれるものなら、……結婚といふ宗教？の中に人生を包含してしまへるものなら……。

あゝ！　人生はその上にもきびしく、さびしくてならないものなのだ。

そして何より暗然たるのは、いやが上にも生きてゆかねばならないといふ不可抗力だ。

ゲンゴラウムシノ　シッポニ　銀ノ輪ガツイテネ
ソレハ　真ン中ホドスキ通ッテ　外へ外へシロシロト輝キ
ホソイホソイ　銀ノ輪ヨ。
水晶ヲ引キノベタ糸、
キラキラ朝日ニマバタイテヰル輪
ソレガ、タテニ　スイスイ　ヨコニグルグル

あゝさうだ、みつちやんは知つてゐる。それは生まれてすぐからのことのやうだ。おめめのとびらの奥の、虹姫たちの、輪舞のことだ。

おめめを　あけて　　　　　　おや
ゲンゴラウ虫ノシッポニ　銀ノドレスノ虹姫
銀ノサザナミノ合間デ　サラサラサラサラト音ガフルエマス。タンボノ水ハ広イヨ、
ソレガ底マデ　トウメイニ光ッテ　緑ヤ乳色ノ浮キ水草
ア、　シロガネノ輪ノ果テシナイ　リンブ。

――二二・五・二〇――


「あのひとを愛してゐる、それは私自身信じていい。」

といふのは固着観念ではないのか。要するにお前のその懊悩は、彼への愛がこと切れたのではないのか？

ああ私はすっかり惑乱してしまった！

「これ以上を、どう行ったらいいんです！」

「無理云ってはいけない。そんことがわかる位なら……」

頭をかかへ込んだ迷子が二人己れの無能ぶりに憎悪しつつ無為の時間の中で立ち尽くす。

「……無理云っても仕様がない……」

仕様がない？の他に人間にはその他に何も与へられないのか。仕様がないとあきらめる位なら、道をきく愚はしないのだ。仕様がないといふ怖しい無為の目に呆然たるよりむしろ、いばらでも熊笹でもかきわけて、無鉄砲でもいい、先へ連れて行ってもらい度いのだ。元来た道を引き返してでも見たい。

「自体ここに来たのが悪かったんだらうよ」

といふ自嘲が何になるのだ。自嘲にむしばまれる丈の塊が何をなすのだ。自殺即決の方がまだしもではないか。

私は一人で走り出したい衝動を覚える。これは彼に対する愛の否定を意味する心理であらうか⁇

「あらうか」とためらはせる〝俗世界のならはし〟が、私の意思を圧制してゐるのか。

運命といふひとことで片付けてしまふのは欺瞞のやうな気がする。

自己の衝動のままに行動すべきか。ならはしの中に自滅すべきか？（何を求めて？　もしも二人で作り出されるとするおだやかな生活、いや！　それは単なる夢想であらう）

あゝ死よ！　永遠の麻薬よ！

死、修道院、虚偽の生活、私の前にこれより他のものがあるとすれば、惰性のみの命しかない。

私は少なくとも二十五までは生きまいと思った。生きないつもりで、私の最大限の良心から、私の最上のものであった「児どもたちとの生活」に切りをつけた。それは児ども達へのひそかな奉仕でもあったつもりだ。が、私は、私は、今、あゝ私はどうなるのだ！　私はどうすればいいのだ！

――二二・六・二八――

別におどろく事ではない。
結婚によって拍車をかけられた厭世観が当然の結果として彼女の自殺となったのである。
（彼女？　自己をさう客観することによって
私は得体の知れない、或る種の満足感にひたりたがる）
――「アナタノ愛情ヨリモ死ノ魅力ノ方ガ勝レテキタトイフダケノコトヨ」――
さう、一体誰の罪かといふと、誰の罪でもないわ、ただ可哀想な丈よ。

――二二・七・一――

〈四〇〇字詰原稿用紙に書かれ、綴じられている。冒頭に「霧島に行った時の日記（十九歳）」と朱書されているが、これは後日の書きこみである。一九歳は誤りで、筆者は当時二〇歳であり、結婚して三カ月しか経っていなかった。『アルテリ』二号掲載〉

新妻の訴へ言

わたくしの噴りが、をさない等と一べつも与へずに苦笑し去らないで下さいまし。

あゝ然しわたくしはこの言葉を持って一体誰の前にひざまづくつもりなのでございませう。一番最後には、わたくしに疑ひを起させなくて通してやってくれてもよささうなものでございます。わたくしは今もって、貴下を存じませぬ。えゝ、存じないと申上げます。此の度こそは、知らぬふりをしてゐてもよろしいではございませぬか。貴下さまが若し、神様だとしたら、もっと小さくつかめてはっきり見えて下さいまし。あんまり不安です。貴下さまが若し、作家でいらっしゃるならあんまり偉すぎます。私は、むざ〳〵と置いてけぼりを喰ふにきまってゐます。貴下が若し、私をのっぴきならぬ程取り囲んでゐる、おゝこの！俗世間のやからだとしたら、けがらはしい！お前達に再び用はない筈だ。嫌だ嫌だ、お願ひだから私の後についてこないでおくれ。どんな小さな声でも私の側で私のことを、お喋べりしないでおくれ。

……貴下が若し、この私だとしたら、いゝえもう信じない。もう決っして信じは致しません。（今の言葉は、決してお前をいぢめる積りではないのだから、さう〳〵落胆してはなりません）私は何にもいりませんわ。最後のよそほひをしやうと思ふ白むくも、一ともとすみれのかんざしも、花もやうのふか〳〵ふとんも、本当は無くともよろしいんですの。

勿論誰の同情も要るものか！

人間一人の悲しさや寂しさが、通り一ぺんの薄っぺらな同情ではかり知ることが出来たら、人生は斯うも救はれないものになる筈はありませんわ。まして、一人の人の人格を、一方的な憶測の一言語で批評するなんて、もっての外だと思ひますわ。

たとへ、いさゝかでも人生を真向から考へやうとしてゆく生きかたは、側面から見てどのやうにみぢめであらうとも、醜く見えやうとも、それ自体何物よりも尊いものだと思ひます。この尊さを軽々しい批評で犯すことは大へんな罪悪です。

自殺は罪悪だと定ったやうに云ひます。

けれども忠言顔にさうおっしゃる方々は、本当にさう云ふ心理的苦闘を経た後に割り出した真理だとの自信でさうおっしゃってゐるのでせうか。

自殺といふ、余りにも刺激の強い、唐突な自己否定？　とにかくその胸がどきっとする刺激の強さに瞬間的に眩惑を避けるやうなもので、さうおっしゃるのと違ひますか。

　さうだとしたら、あなた方の人生に対する対応は大へん不誠実だと思ひますわ。それは余りにも卑怯ですわ。何も、自殺を肯定しろと云ふのではありません。常識にちょっと外れやうとすると、否応なしに、頭から押し殺してしまはふとする社会の暴力根性が、獲物を食って、口を拭いて知らぬ振りをしてゐる動物園のゴリラのやうに、さもしく見え、憎くてならないのですわ。

　なるほど、それ（その自殺）によって、まわりの少なからぬ人々を甚だしくゆすぶることは罪悪といへば云へるかも知れません。けれども、そのたくさんの人がゐて、もろ〳〵のたった一人のひとをも救ひあへず、さういふ状態に至らしめるといふ事実、敢へてそれを私は罪悪とは云ひませんわ。生きる為に如何に多くの人々を傷つけ精神的に殺し合ってゐるかといふ事実、人生といふものは、こういふ風にしたが一番本当だ、それは罪悪だ等と一言で定められる程軽々しいものではありませんわ。それ〴〵に、どうにもならないものを背負って歩いてゐるのですもの。ただ理屈を言はずに、ねぎらひ合ふ丈しか、悲しいけれども出来ないのではありませんかしら。

　けれども、それはそれとして、

　私、何にも要りませんわ。

　誰が何と思はふが云はふが構ひませんのよ。とにかく、うるさいのは、大嫌ひ、何でも、世の中にくり返される事を見るのも、もうたくさん。何にも聞えなくともいゝの。着物も食べ物も旅行も、小説書くのも、吉田道子といふこの名すら（こんな虚栄のなれの果て）、えゝ何にも要りません。

わたしをやすませて頂戴！　わたしを静かに眠らして頂戴……。
私の苦悩は、人生のわずか一断面であり、同時に人生のすべてであることに何の不思議があらう。

×　×

私のきらひなもの。
群衆の中で所構はず止まることなくしやべり乍ら、さらけ出した乳房をふくませてゐる母親たち――。
私のきらひなもの。
片一方は変にどんより曇り、一方だけこれみよがしに照り返つてゐる（それもやつとのことで）負け惜しみな同じ空の天気、
私のきらひなもの
遠慮しいしいガッ〳〵とものを食ふ男、
総じてものを食ふ時の人間の姿は嫌なものだ。
私のきらひなもの
永泣きを引つぱる子供、

お前たちにはすでに、大人のカウクヮツさがひそんでゐるから——。
私のきらひなもの
私のすべてが嫌になるときの私
私のきらひなもの
クリスチャン
あなた方が一番たちの悪い偽善者だ！

私は愛する
自殺者と阿呆と気違ひと私の気に入った子供
私をかなしむ時の私
私の心をいつも占めてゐてくれるなら
花よ、鳥よ、空とおゝ風よ　それ川と海
山からひゞく音楽、雨にひそむ音楽。
それでなくとも私はお前方を忘れるものか。

私は詩人が怖い。

私は否応なきあなた方の前には土下座しなければならないから
見えない奥でびく〳〵してゐる私の心がある
あなた方の正視を受けるとすれば、それが
生きる？……。

ざまあ見やがれ！　たう〳〵妥協しやがった。そんな口惜しさうな顔したって駄目だよ。「盲進的な俗世への妥協……可哀さうな――。だって彼女は一人ぼっちだし、誰も教へてはくれないのよ。孤独な故のつよがりで、ほら、あんな細っぽい足で――。彼女の盲目滅法な歩き具合が一体何米も続くものか」。

× × ×

小さな小猫一匹と、丸い姫鏡台と、インクと原稿用紙と。

捨て犬が迷ひ込んで来たら、大きくても小さくてもオカユをわけて養ってやりませう。雨が降って庭が濡れてても入れてやります。

ピンクのミルクローションをつけ、黒いリボンの自画像を毎日書きませう。髪をお乳の下まで垂らすのです。雲の毎日も。

高原の芒（すすき）の原の小さな小屋です。夕方になるとキビの葉がカラ〳〵はためいてゐて。

毎日誰も訪れませんわ。その私の庵は。

――たったひとりで――

セレナーデーとトロウメライを歌ふのです。

そして私はいつまでも、十六の乙女のつもりでゐるのですよ。

初恋……、片おもひ……

永遠なるそれは、いぢらしい、美しさへの憧憬。

空の高い高い大気に近い、すきとほった、たべものはないかしら。

私の体が、やがてすきとほってきたら、夕陽に焼くのです。

ひとすじの細い細いけむり……。


私に、小説なんか書けるものか。

そうかしら、そんなに私は、こはがらなくてはならないのかしら。

ざまあ見やがれ！　ざまあ見やがれ！

ちょっと……

こはい。

どもり以上のそゝっかしさで私を表はさうとする私の身もだえが恥かしい。

× × ×

そなたがこの世に生まれ出でることのない幸福を、そなた自身味はへるかどうかを私は知る事が出来ないとすれば、しょせん人間は（生まれて来ても、生まれ出でなくとも）仕方のない困った存在である。

そなたを、風のある所のこの世に出すことなく葬ることに罪があるとすれば、この私をも同時に葬らむとする神よ。あなたは憎むべき意地悪な独裁者だ！　あなたにそんな権利があってなるものか。若しも本当に人間の罪を裁定し得る力があるなら、その前に私たちに幸福と云ふものを見せて下さい。でないと人間は永遠にあなたすらをも信ずることが出来ないのです。

苦悩の連続の人生のどこであなたは人間に同情し、助力したか、その人生に、そのたったひとりの人間の最大の努力の最後をねぎらひもなく、いきなり人間に罪の裁定を与へる事が出来たら大したものだ。それでは余り人間を冒瀆しすぎる。あなたが、一人よがりなそんな大きな顔をしてゐる限り、あなた自身も永遠に人間から背かれるといふ罪を負はなければなるまい。

そなたは実に、この世に私ともうひとりのひととの宿命をになつて再び不幸をこの世に過さないでもよいといふことは羨ましい限りだ。けれども、私のせめてものそなたに対する愛としては、いさゝかをもそなたの生命を芽生えさすことなく私を終りたいといふ念願であったにもかゝはらず、すでに私の胎内に生命をうごめかしてゐるそなたは、遂に私の死の道連れの宿命の申し子として、今ひとりの不幸なひとの悲しみを倍加することになるであらうことは呉れぐれそのひとに対して気の毒に耐えない。何故ならば、そのひとは、私と同様にいやそれ以上にもそなたを愛して生きることをはかないまでに願ってゐるのだから。

私は敢えてそなたを「我がいとしい子よ」とは、呼ぶまい。私自身を母とは呼ぶまい。今ひとりのひとを、わが夫、そなたの父、とは呼ばない。

それのみに生きた私の尤も誇らしい、乙女らしく美しい、人間として私の見付け得た最大の純スヰさをいさゝかをも汚したくないといふ私の良心をそなたもよろこんでおくれ。

曽つて、作家になることにより生きてゆきたいといふ私の人生探究の悲願を、そなたに継がせ度いと願はぬこともなかったが、そのことの我儘さを知っては最早それ以前のエゴに帰るより仕方がない。

あるが儘にある人間、私は素直に最も良心的な人間として私のエゴに殉じよう。

〈四〇〇字詰原稿用紙に書かれ、綴じられている。筆者が結婚したのは昭和二一年三月、長男道生氏の出生は翌年。この文章は結婚後から道生氏の懐

胎にいたる時期に、何回かに分けて書かれたものと思われる。『アルテリ』三号掲載〉

II

白暮

［梗概］

ゆきは二八才で、官吏の妻で絵を描く。ゆきの家にはそのグループが出入りする。このグループは人形劇もやる。人形劇の指導者は浪人南田である。サークルのひとり琢二が或る日失踪する。そのことでゆきは南田を愛しはじめる。れい子はコーラスの指導者で市民病院の事務をやっている永遠主義者である。

その時彼は横なぐりに降りつける雨を背で受けとめるようにして自転車を降り、高い背をかがめて深々とのぞきこむように

「よかったですね。よかったですね」

と云った。ゆきはそのひじょうにじかな眸の色をごく当たり前のようにみつめてこっくりをしたよ

うだった。言葉は必要だったし、知らないようでもあった。

「ゆきさん疲れてますからね。今夜ははやくおやすみなさい」

その時のことをゆきは細大もらさず想い出し、忘れてはならないと思う。わたしの一生はあの時決定したのだ。わたしの内部だけで——。これは何か大へんなことなのだ。二十八才になってやっとそれがわかったときはまっしぐらに終焉にむかっていようとも、決定したことをくつがえすことはできない。

あの眸は窓だったのだわ。わたしはみてしまった。あの眸からあのひとの魂をかいまみて、それからその窓からわたしの内部にまだ費やされずにこの時を永い間待ちつづけていたものの近づきを予感できる。

雨は彼のひたいをぬらし、かがんだレーンコートの背をぬらしている。ゆきは切なさがからだの中から急速に抜けるようで不安だった。黄色い雨傘をやたらにおよがせて、みんなが寄ってますから、どうぞあたくしの家にお寄りになって傘をお持ちになって、と云いながら、なぜこのひとはかがむのだろう、そしてそのような角度からわたくしをみたひとは始めてなのはどう云うわけか知りたいものだわ。何でもない日常の仕草と云うものかもしれないし。だけど何でもないひとの仕草がこうも決定的にわたくしをとらへたことは何としよう。ひとの気持のきまり目と云うもののあやふやさは怖いと思うのだった。

彼はゆきのこらえて突っ張っている言葉を素早くひきとり、

「ほんとによかったですね」

とやさしくおしたたんで渡すようなあの不思議な眸でみるのだ。深い思想が静かに波打ち、のぞこうと思いさえすれば何時でもことわりなしにのぞかれる窓。途方もなくひろがり、今はたしかにゆきにむけてひたひたとよる波のようなゆたかなもの。

「わたくし琢二さんが帰ってこなければもうメチャメチャになるところでした。」

「わかってましたよ、わかってましたよ」

わかってましたよと云う返事のさりげない非常な速さは、転ぼうとする体をすくうような周到な云い方なのでどきりと悪い気がした位なのです。こんなに速い言葉のつぎめを聞いたことがない。その速さなんだわ、わたくしをしめつけるのは。

部屋の中には霧のような不安がたちこめていて、俄かに醒めたひとびとのように、常連の松木や糸子やさち子がレンズのような正確な視線をむけて来た。

ゆきは早口に電話の結果を報告し、折角集まって来てくれているのに、ひとの命がひとつ死なないで済んだとは云え、そう云う事件によっていちどに鳴ろうとしている楽器の絃のように、張りつめているわかいひとびとの心を一応おわらせるのが惜しい気もするようで、上り口にある青い買い物籠をひだり足の爪先にかけてころびそうにした。

塚二と云う子は、今自分が誰を愛しているのかにも気がつきようのない、多くのひとびとがどれだけじぶんの事に心を集中しているのかをいぶかることもしない子だ。帰って来たら

「何ちゅう馬鹿じゃ」

と云ってやるのよ。

すると、設計技師の卵の松木が云った。

「僕たちはなあ、何か大事なことを忘れてるんだよな。塚ちゃんのこと、あのひとの云うこと何時もはぐらかしとったもんな」。

松木の恋人である糸子がたしかめるようにそっと云う。

「何時も何時も見捨てている場所がほんとは大事なんだわ」。

彼女の云い方は独特の強さの小さな声で、語尾がすうっと消えるように云うので思わずきいているものがしんとなるのだ。

さち子が梅雨のようじゃなあと外をのぞいた。彼女はおっとりと母親のようにしめくくりをするのが好きなのだ。雨の中をもいちど南田は、今夜はゆっくりおやすみなさいと云って出て行った。ゆきのこころはまだ引きつれていたが、忙しかった。今度のことで一番心をいためている塚二の妹にも、塚二が古い女友達のところへ行って、そこで警察に保護されていることを教えに行かねばならぬし、彼の父親とも何時の汽車で迎えにゆくかを決め、それをまた警察に云いにゆかねばなら

なかった。日ごろ気うとく思っている警察と云うところが急になまなまと見え、警察につながっていることに情熱が湧くのはどうしてだろう。それに家出人の係りの男は、男が着ているといやあに悪めいて見える黒い色の服をきていなかったことがさわやかだったし、そのことでまた、係りの男の人間の眸の気だるい厚ぼったさと、法の目の切断するきらめきが重なって、警察官と云うものをなめらかにしている表情が気に入ってしまって、お世話になりまして、母のない子でございますので、とりあえず代理で参りました、と見事すぎる位云ってのけて、それはゆきのたどたどとした若さをきわだて、ついてきた恋人同士がまぶしかった。

琢二が生きているとわかったとたん、すべて上っつらの方でだけはとんとん拍子と云った具合におさまりそうな気がした。

琢二はごはんを二日くらい食べなかったぐらいの憔悴の仕方で帰ってきた。琢二の心の奥の想は、ほんのすこしほのあつくなりかけているだけで、ぼくなにがなんだかわからないで、それにひとりでは帰ってこれなかったんだ、――如何にも、なにがなんだかわからなさそうなはじらいとけげんさでいう。

みなの前でそう云うと、ちょうど彼は皿の上におかれた生の魚のようになるのだ。隙だらけで何処からでもながめられてしまう。あれは何と云う幼稚な遺書だったのだろう。ボクのためにサークルのことにブレーキをかけてすみません。どこか誰もいない遠いところへ行ってしまいたくなりました。そしてひどくきちんとした出納報告、なんとありきたりの狂言だろう。死んだ魚を眺める時の人間の顔には表情がかくされている。表情のないかおでみつめられるなんて、ひっこんで欲しいわ。ゆきはじぶんの体がはづかしさでなめまわされるような気がした。今日の昼彼女は風呂に入り髪を洗っていたのだ。ざらざらする浴槽のふちにひじをのせて丹念にくびすじを洗い髪をもんでいた。人間が感じとる予感なんて、けものの本能のようには当にならない。予感はなにがしかの理由ある危機感が作りだす毒のようなものだ。彼女のまわりでみずから死んだ友人たち――。そのひとりは着物のように危機感をまとっていた男だったので、友人たちはすっかりその着物を通してしか彼を見ようとはしなくなっていた。ある日そうするのがしごく当然のように彼は毒を呑んだ。大げさな身振りで手をふってさよならをしていたような彼の日常を想いだし、友人たちの予感は死体をみてからゆっくりたしかめられたものだった。

もひとりは人妻だった。彼女もそれをかなり大っぴらに予告した。予告してしまうことによって自らの行為を正当化し拍車をかける為に。とどまることのない酔いに入ってしまった者にしらふのものの消極的な助言は自信のない自己弁護にしかすぎないものだ。彼女の唯一の友人であったかもしれないゆきにも自信がなかった。じぶんと同一の地点に立ち先に隣りのひとがつまづきかけたとして瞬間的に手を伸べたとしてもそのひとがつまづいてしまうのをどうすることが出来よう。そのような時、手と云うものは罪を犯してしまうのだった。そのひとを支えねばならない手があると云うことは何と云うとまどいだろう。然もその手はさしのべたとたんに大方は目的を失ってしまうものなのだ。予感できると云うことのあいまいさに羞らってしまうから。ゆきはそんな時、予感できないと云う無責任さに腹を立てるあまりにはためにも、自分の感じでもすっかり虚脱してしまうのだ。

そうしなければならないように、ゆきはながい間、昼の浴槽につかっていた。琢二が失踪して以来、からだが冷えて仕方ないのだ。指先などには体温がきていないのかしらと思いながら、その指をひらいて湯をかけていた。指は両方ともまだ冷えていた。

琢二はいつも大事がられていたいのだ。だが大事がられている自分を見るのは嫌だと云うのだ。ひとたびその平衡がくずれだすと自分をもてあまし、いやがらせをやりだすのだ。

ゆきは彼が絵を描き始めの頃見せた陰画のような素描を想いだしていた。冷たく稚い欲情、それは彼が母をうしなったころ折々たたずんだであらう背戸の溝のように暗く淀んでいる。

「ぼくは生れつき自分本位にしか生きられやしないんだ。もうサークルなんていやだよ」。

琢二が子供会のために人形劇をくわだてたとき、誰かが前夜彼の貼ったプログラムをはいでしまっていたのだ。ピンまでていねいに。裏切りが始まっている。

何かの資格を持つとき、人並みより少しましな資格を持つとき、たとえばそれは、家が少し裕福であるとか、才能が少しあるとか、それがスポーツの才能であれ、芸術の才能であれ、おしゃべりであれ、ともかく何かの資格を持つことは他のものにとってそのまま悪であり得る場合がある。他人に対してそれはいわれのない暴虐を働く。琢二に対してひそかになされつつある復讐は、そういう暴虐さに対してなし得る当然な日常的なうさばらしに過ぎない。日常的に軽くよそおわれるまでになっているほどのうさばらしだから、なにかしらおそろしいのだ。それほどにせばめられている村のくらし、若者たちのくらし、人間たちのくらし。南国の陽光がかげれば、たちどころに現れる古いけものの性のような共食いの執念がゆきには時々こわかった。

だが琢二にとってそのことは如何にも不当で、生きていることを挫折させる程の働きかけを持つ。このような形で村の青年団員と、青年団員の中の一部の者とが作っているサークルとはうすうす対立をはじめたようだ。その暗い対立は、ゆきのはっきりしないサークル理念により副ってくる影のように親密な関係を保とうとしていた。

〈本稿はノートに記された小説の未完成草稿で、執筆時期は一九五八年の暮と推定される。『潮の日録』に収録された初期のエッセイ「白暮」とは別稿である。『道標』三八号掲載〉

遠い鏡

そんなことを仰有らないで、そんな——

わたくし、たとえば今　わたくしがお化粧した顔でいるというようなこと、素顔のまゝの肌のあなたにまだ御見せしないでいるようなあらゆる所がどんなに哀しいか——。ほしくてほしくてじかに見ることのできる時のあなたの眸だけがわたくしのものなのです。

突然それがわかりました。どんなにそれがほしかったか。その為にばかりわたくしは今まで生きて来たのかもしれない。だけれど　それは　何時も　遠くけぶらせて眺める鏡の中のわたくしの顔のように、ひだり手をまっすぐ伸ばしてもとゞかぬ所にあるもののようにすいとそれ位遠ざかるのです。

あなたをわたくしはわからないのがあたりまえすぎるように考えているうちにふいに眸がひらく。

あれははじめてのおののきの窓。あそこから湧いて降りながらわたしの肺を激しく行ききする霧の不安。

みながそれぞれの場所で生きていると云うことはげんしゅくなことだ。優とか劣とかで価値判断をするのは恐しい。たゞ何が大事なことであるかと云うことを選りわけることは忘れたくない。

わたしはそのような作業が下手なので飛んでもない所でつまづいてベソをかきつゞけているようなものだ。

水俣では男性と女性のつながりのなさ、あるいはつながり方の根本的なおかしさ、を正さなくてはサークル運動は進め難いと云う意味のことを岡本さんから発言　なるほどと思う。男と女は惚れるかそうでないかだけできまると云ってしまえばそれだけかもしれないけれどもっと別に大ぴらでたくましい共通の愛でつながりあってよかりそうなものだ。ひとりひとりがたえまのない自己崩壊をする事だ。

〈一九五五年頃の執筆。『道標』六二号掲載〉

くろ川

　菅原哲は三年ぶりに近々とみるゆうをつやがうせたなと思った。まなざしだけが深々とさえて以前にまして口数が少ない。K療養所の大部屋のあられもなく開けっぴろげな暮しでは、気まぐれな女患たちの化粧が時折り波立つような気配を副えた。

　婚家から送金の絶えている女たちも、結んでいる口をひらいて紅をうすく塗って夕方の試歩に出てゆく。病の長い患者にはそんな互いの黙約が成立する。

　くぬぎの木立をくゞってゆうの息が近い。再発入院はゆうと哲だけでなく、たいがいのものが退院後のあしたの生活が心もとないのである。家もちの女にそれが多かった。

　肺病やみの出もどりを迎えるべき家は老母とぜん息持の父と死んだ姉の子がふたり、二反の田と畑二反をかゝえていた。彼女は働かねばならない。

　紡績の退職金で持っていったミシンはもう実家に帰してあるそうだから、さしよりそれで内職するよりほかなかった。

「生れた家に帰って来るとは当り前ぢゃ。お上の税金で養うてもらうより（医療保ゴのことをアヤはそういった）早う帰って来え。鬼らんの葉煎じて飲んでろくまく直したもんな、いくらもあるちゅうぞ」

アヤは真顔でそう云って、砂糖の足りぬおはぎを重箱ふたかさね押しつめて持って来て、病室中を箸ではさんでくばり歩き、

「どうぞ。退院しなはりましてから、太か柿の木の根元で豚のおるとこですばってん、涼しかとこですけん、蔭によこうていって下さいまっせ」

とあいさつした。

ゆうの洗い流した髪がかわきかけて哲の腕に流れた。

「今度はもう茶わんかゝえてまわっても自分ひとりが生きられるようにすることです」

ひくい押えるような声で云うとゆうの手をつかんでしまった。入院したときはたわしのようにさゝくれて腫れあがっていたその手がやわくかぼそくなってしまって心元なかった。手ごたえのない手をあづけたまま彼はむらむらと云いようのない怒りをおぼえた。云うべきだと思った。

「元気になって。ぼくも、その時、働いて、そして、結婚します。あなたと」

とぎれとぎれに、大きな肩をすぼめた。彼女はこっくりうなづき、顔をあげた。木立の闇がせつ

なげに二人に重った。

役場吏員の彼女の夫はもう小学教師をめとってゆうを肺病にした八反の畠を売って相場を始めたという話である。「今度の嫁は学校の先生ぢゃけん。義郎のことは心配せんでもらいまっしゅ」りこん状に印押しに帰ったとき、手をついて去りかねているゆうに姑は、

「肺病の血すじをうつすことはできんで、むごかようぢゃが子の為とおもうてこらえてはいよな。まあ、気永う養生するこっぢゃな」と大分声音をやわくした。

だが、そんなあしらいも、過重な労働もゆうの心のしんをむしばむことなく、小さい〳〵湖の中にも泉が湧いているような、ゆたかな人柄で若返っているゆうだった。

患者で哲が中心になって出している文芸誌に投稿したゆうの詩がみなの心にひゞいた。

それは「行商業」という詩だった。

わたしのろっこつの一本は
ばりばり折りとって踏みしだいて粉にして
六反の田んぼのこやしにしてしもうた
それでもあの湿田はひもじいといってます

あたしのろっこつのまたもう一本は
義郎に、わたしのやせた息子とかわいゝ八反の湿田にまぜてやりました
田んぼから飛んで、離乳は母子のわかれ、母さんの骨はうまかったかい

だがあたしのろっこつのまたもう一本は
納屋の隅でなくしたのではない
夫に食べられたのではない
お灸がわりに煎じて飲んだんです
あたしの肺のために

のこりのろっこつももうわたしのもの
お針もそろばんもさゝくれた手にあわぬ田んぼもなくしたからには
妻や母でなくなった名も
ろっこつを少しづゝかいて売りにゆく
おんなのやまいのくすりはいかゞです

妻でなくなった、母でなくなるとは少しあいまいで軽く云いすぎやしないかと哲は批評会で質問したが、かねてにこにこしているゆうが眼をすえて、「女には一度そう覚悟しなければならぬ時期があるんです」といった。

男の這入れない領域で云い切ったのかも知れないと思い、ゆうをこれまでしいたげけなげにさせた長い農民の歴史をおもった。

哲も三反百姓のせがれで中学を出ると町の工場に這入った。哲の村で工場に入ることがどんなにうらやましがられることか。彼は赤飯を祝われ、月ぷの自転車にのって四年間というもの畑仕事に目をつぶって工場と定時制高の間をつっぱしった。定時を出て三年もして、彼は工員たちの大部分が自分と同じ貧農の息子や娘たちであることを知った。

「上の衆の云いなはることに逆らうたらくびばい」

柱と頼む息子の一本気を思って母は朝晩頼むようにいった。

工場にゆく仲間とそうでない青年たち。青年だけでなくほかの人間たちも哲たちを「会社ゆきたち」と一種羨望と差別をこめて云うのである。

哲がもの心ついてからの母の言葉は、「おまえは会社ゆきになって呉るるとぢゃけんね。会社ゆきになればいわしの桜干しば一枚ながら弁当に入れてやるぞ」というのだった。

彼が労働組合の青年部に這入った時の青年部長は東大を出たと云うことだった。そのさいとうという哲より一つ上の男は一向社員らしくなく汚れた下駄をつっかけて来てくしゃくしゃのずぼんをはき、なれない村の言葉で云った。

「哲しゃんよ、おらな、あんた達が行けんぎゃった大学に行ってな、何ば習うたと思う。法律ば勉強したたい。日本の法律はな、資本家たちが（この工場にも資本家がおっとぞ）労働者階級ば農民たちも含めて、如何にして働いているものたちからこてんこてんにしぼりあげるかという法律ぎゃったばい」

「おる家（げ）のおっかさんな、工場ば神様んごつ思っとるとばい。そげん云うたら何ちゅうぢゃろ」

青婦の連中は一せいに笑った。

「片足ば農民の中に突っこんどらん工場はなかばい。労働者の母は農民ちゅうことぞ。ぐれん隊や土方や、つまり労働組合ももてない底辺にいることをいつも忘れちゃならん。

それからな、飲み屋パチンコ屋の娘たちな、農家から口べらしに出たむすめばい。あれたちをきょうだいと思えるかい」

彼らは又笑った。パチンコ屋の房ちゃんに懸想しているアタマのよわい一人のために大まじめで恋文の共同作成をしていたからである。

「うん、そんな隅っこでおれたちよりひょっとしたらたくましく、組織されることもなしに生きている人間たちをきょうだいとおもえんだったら、労働運動もへったくれもなかぞ。組合運動はおれ達が資本家とたゝかうことは、そんなしょっちゅう流産や七月児を産んでるおっかさんのおなかみたいに口べらしをせんならん、つまり日本の農民のくらしまで変わらなけりゃうそだということなんだ」

とさいとうは少しかなしそうな微笑をして云った。工員が一番上の階級であるこの村で哲は肩身がせまい気がした。

秋の賃上げストライキがすむと突然さいとうには遠い東北の支社に転任命令が来た。

別れのコーラスのあとでさいとうは、

「まちっと水俣べんば上手になるとぢゃったばってん、ざんねんですタイ。僕は始めてのフニン地が水俣ときいた時は日本地図ひろげてみて、九州を隅から隅まで見て、こりゃあいよいよ文化果つる所にゆくかと思ったんだ」

「すみまっせん、文化果つる所で」

とコーラスの女性リーダーのムッちゃんがまぜっかえした。

「今度は東北なんだ」

「熊そ退治の次は、えぞ退治と行くか」

のんちゃんが心得がおに合槌をうつ。

「そう、こんどはオレは東北の百姓のせがれたちとえぞ退治のトリデをつくるよ」

哲は東北にも農民たちがいることを、労働者がいることを痛く実感した。

紙きれ一枚で優秀な青年を左せんする経営者。見えない資本家の正体。

工場がすむと組合の会議、夜は学習、詩のサークル、日曜は老いた母に鍬はとらせたくない——。

哲は病気になって入院した。集団検診で彼の左胸に穴があいているのが発見されたからである。期限の三年が来たとき工場は企業せいびでカク首の対象を狙っていた。入院。長期療養。母の悲タンが一番こたえた。しょっくで三日は飯がのどを通らなかった。彼女は神信心をはじめ、どこそこのいかゞわしい護符を月に一度の面会に持って来て、食後の湯のみに浮かべてのめと云ってきかなかった。

哲は、その子安弘法大師まであるうすく小さなお札を、にやにやしてみている患者たちの手前、

「この紙切れだって、元をたゞせばコウゾの木ばい。コウゾの葉っぱはビタミンCか、Aか、ち思えば栄養剤タイな」

というと、母は、

「そうそう、弘法大師さまの札は、お前ば産むとき母さんが飲んで力かしてもろうたで、お前や弘法大師さまの子ぢゃもん。早うのまんかい」

哲はとたんにむせて、「親孝行はのどのかゆかばい」と云った。

たちまち病院中にこの話はひろがり、ビタミン居士と哲にあだながついた。ゆうの母も見舞仲間

からきいて、どこのおっかさんも気持ちは同じと云い、なろうことならお前にもすっぽんの生血ばすゝらせようと思うとると思案顔をした。

哲はあらためて、結核療養所で日本の貧しさを、特に農民の、それも女たちのいたましさを知った。医療保ゴを受けられるまでに大半の嫁たちは再起不能なほどに労働と病魔にその身を食い潰されて入院して来た。

父なし子を老父にあづけて特飲店に働いていた洋子という二十二の女は、チリ紙一帖とか石ケン一箱で患者めあての売春をするという噂が立った。患者たちはざわざわする目で彼女の身辺をながめまわし、あのシーツは誰患者、今度の枕カバーは誰それと何回目とせんさくしあった。紅白粉のびんを一番ふんだんにならべることによって洋子はみなに対抗した。

その洋子は見舞の菓子折を自分で買って来て積んで、どこそこの叔母さん、どこそこの社長になっている叔父さんからのだといった。物を皆にくばらなかったが、ゆうにだけは散歩のとき寄って来て座ろうやという。わざわざ用意して来たらしい包みをといて流れかゝった飴などムリに握らせて、

「フフ、昨ん晩(よべ)はあそこで、ウチ、五人仕事して来たんよ。お金のいる時は貸してあげるね」

といってペロリと舌を出し、くしゃくしゃの百円札を二、三枚出して見せ、村の向うの川土手をさした。

「助べい男ばっかしぢゃ。これでもウチにだって恋人のあっとよ。笑うと大川橋蔵に似とっとよ。

飲んでばくちうたんばよかばってん」

と沈んだ声を出したが、生まじめになって、

「あんたビタミンさん、好きじゃろ。あらじゃがいものごたるよか男ぢゃがな。うちが見ればわかるもん。何ぐづぐづしとると？　肺病なって追い出すよなムコドンに義理立てて何んする？　生きとるうちの命ぢゃやなかかな。好きな男に抱かれりゃそのまんま死んでもよかろうもん！　あんたの詩はうちらにゃむづかしか。所々わかるけど。あんたの肋骨な、しまいの一本なムコドンに食われたつと違うと？　ま、どげんでもよか、そげんなこと。とにかく、うちの橋蔵さんにラブレターば書いてはいよ。お金はいらんちゅうこつばやさしゅう書いてエ。流行歌にゃほんによかもん句のあるばってん。そのまゝ書いて出せば真似したちあいつが思うもんな」

洋子はマニュキアした爪であまえるようにゆうの手の甲をつねった。

川の音が早春の陽ざしの起伏を越えてこの丘まできこえてくる。

あれは〇〇川と哲は云った。

それはゆうの黒いよな土の一ぱい渦まいているような、脳をかきわけ、胸をかきわけ、ふいにそゝいでくるしぶきだった。目をつぶったまゝゆうはそれをきゝ、むさぼるように嗅いでいた。哲の自分にそゝがれている視線はそのしぶきだった。彼女は自分の終えんが近づいているのをとつぜ

ん感じた。

のどがかわくなあと彼女はおもった。

やせた彼らの土地の背骨を伝って噴き出す水、春になれば土も生毛を生やす春のけなげな緑。ゆうは、それらを司る意志と通じあったような清冽でゆたかな気持ちになった。

小さくけちくさく区切った畑も田も丘の上からまだおさないかげろうを通してみると、何かたわむれあっているような感じがした。あそこの下水のぼうふらも、老婆たちが眼を拭っている手拭のしみも風景のように見える。歴史は微かに動いている。貧しいものたちの吐息の厚味で動いてゆく。私の苦しみでも動いて、私の肋骨もこの土のこやしになるだろう。

彼女はあえぎあえぎ登った。ゆうの息はストマイツンボの哲には聞こえない。

「熊本に折角来たのにこんなところに来てしまって」

哲は少しすまなさそうに云った。

「だって電車や自動車のいるところでは話が通じませんもの。樹やわら屋根があると安心します」

哲は大きな躰をかゞめて耳をよせ、ゆうの声をきいた。丸顔なので頬の肉はあったが首筋が細かった。

三年の間、ゆうがどんなに働いたか、いたましかった。それにもまして彼の仕事もはかがいっていない。結核上りを当り前にやとってくれる所はなかった。

電気洗濯器のセールスと文章の切売りで平均一万ぎりぎり、セールスに力を入れゝば書く時間がなく、彼の中にはもう動かしがたく農民や労働者たちの怒りがたむろしている。

彼の母は、復職させなかった工場を毒づき、

「病気になった人間はもう世の中には要らん、ちゅうことかいな。貧乏人な一体誰に使われとると？」

といって泣いたが、哲が退院して三ヶ月目に庭でわらを打ちながらふいと転んで死んだ。

片方に展開する繁華街、デパート群、アパート、あそこにいる人間たち。しあわせのようなものがある。電車通をさけて路地にいると軒を下げてたべもの屋がある。

いかやさばの煮つけ、内臓の味噌煮、めし一ぱい十円、味噌汁半ぱい五円なり。農地からはみ出された娘たちが道路工夫にやとわれて来て味噌汁をおかわりする。運転手たちと仲よしになる。村の匂いをかぎわける。あんた家も、百姓だったの。そうぢゃろ、手を見ればわかるもの。彼らの巣が出来る。売春宿に。ドヤ街は貧農の子せがれや間引そこねの娘たちがいとなむ村々の新しい共同体だ。

ゆうは売春婦たちの強じんなねんまくで仕切られたその村につかれた魂をよこたえたいと思った。わたしの村はあそこかもしれない。のこりすくない肋骨をあそこでとかそう。

哲は青年部の交流で行った北九州のえんとつを思い出していた。無数の成功とカンキ、怒号。あの煙にははなやかで強力な意志があった。使うものと使われるものとの。そして無言の炭坑のボタ山たち。ボタ山の裾野にガレキさながらに、ここでは風化されてゆきつゝある人間の意志。彼らのふるさとはどこだ。

あのボタ山の裾にはオレと同じ無数の失業がある。村を出て行った二三男たちが、農夫のセガレがおいさらばえて、かんづめの空でカユを炊いている。人間の生きる意志が踏みにじられている。

彼の手は久しく鍬をとらない。

哲は乳房を恋う稚児のように切なくなって、

「ゆうさん」

とよんだ。

哲は死んだ母親の乳房にくらいつく幼児のこゝろになってよんだ。

「ゆうさん！」

「おれは日本の歴史の重みをたったひとりでも荷っているんだ。おれはもう組合をもたない。おれはひとりだ。おれは失業者。無数のあぶれ者たちと一緒に。

おれは肺病やみ、おれは炭坑流れの子、いやおれは三反百姓娘の私生児。そうだすべてそれらひっくるめておれこそはりっぱなあぶれ者である。おれこそは底辺である。おれは人間を耕そう。おれはそれを書く。おれのペンは鍬だ。おれの畑は紙だ。百姓タン生という訳だ。

おれから労働力を奪ったもの、おれから土を奪ったもの。おれたちからふるさとをうばうものがいる。

ならず者がふえるだろう。だがおれは宿無しのトラックの兄ちゃんたちと合図をかわした。彼らが冷たい売春宿の畳の上になじみの女とねむりに入ろうとする時、背中にわらの匂いをほんのかすかにでも思い出さないとでも云うのか。電車の運転手、道路工夫、彼はオレと同じ村だ。天草から。オレたちは何時いかなる時でも酒盛りが出来る。明日食へなくても三〇円のチュウを分けあって飲める。二〇円の内臓をわけあってつゝく。これは土地を持っていた頃にはなかった事だ。オレのものはおまえのもの。つまりオレたちは共有せねばやって行けぬということさ。道に落ちている煙草はみんなのものだ。

こうしておれのあぶれた村は進出する、街の中に、文明というものの中に。柳の木の下の掘り返した堀の中から湧きあがるほゝかむりの娘たちの笑いごえ、あの汗の下のホッペタはみんなのものだ。たとえそのホッペタが都会の夜気に吸はれてつやのない白粉肌に徐々に変って笑わぬようになろうともおれは自分のものとしてそれを見ていよう」

「ゆうさん」

「のどがかわいているの、わたし」

おれはおふくろの乳房がほしい！

「あんたがほしい」

「わたしも」

はげしくさゝりんどうがゆうの顔を埋めた。ともし火をさがすようにせつない哲の手が丘を降りてきた。

のどがかわくのどが。川のしぶきをゆうは唇にうけていた。

あゝやっとやっと、これが、わたしの生きた瞬間だ。彼女の体は火をともした。ゆきませう。川はいりまじって彼女のやせた丘を走り下って、かれかけたふるさとの泉はどこ。奥深い泉の底からこたえるものがあった。湧いてくる水の波もん。ふたりははじめてきよらかな情景をつくりだした。

その情景はふたりがえがく村の地図になった。

ゆうは遠い納屋の隅のぶべつ的なさくばくとしたねやをおもった。

わたしはあの頃女でなかった。生きていなかった。わたしは一箇のへこんだ農具だった。今もたくさんの農具たちよ。たそがれが深くなりはじめ若い月がのぼる。

ゆうは三日前医者から絶対安静ですと云い渡されたのである。覚悟をきめて出て来た。

退院の後、老父母が姉の遺児たちにまといつかれながらよぼよぼと畑に出てゆくのになんで肺病上りだとて自分をいたわっていられよう。手当たりしだい働いた。売り払いで三分は呉れるという化粧品の行商。はじめは売っただけ払えばいいというので資金をもたぬゆうは飛びついた。ぎっしりとトランクにつめて、どこまでも歩いた。

肋骨のない肩にこたえた。パスをのんでいればあと二年生きられよう。あの人の仕事の目鼻がつくまで。それを見とゞけるまで。

にこにこしているのは人見知りを深くカバーしているにすぎないゆうが、百姓から急に商人になれる訳はなかった。

「あら、宣伝ばかりじゃないの。それ、一ヶ月くらいサービスしてよ。きれいになったら使ったげるわ」

などといわれるとゆうは当惑して次の言葉がでなかった。

じろじろと頭のてっぺんから見おろして、

「化粧品のセールスは多いのね。あんたらよほどもうかるんでしょ。よほど辛抱したためこんでるのね。ハイヒール位はいてさっそうと来るものよ」

という奥さんもあった。

街をけいえんして村に入った。化粧品を中にして売る方と買う方のかけひきがたまらなかった。二百円のクリームひとつ売って、一ヶ月たつて、あんたの効かないぢゃないのなどといわれたらどうしよう。ゆうは生汗をたらたら流しながら家々の戸口を出た。

サーラというとてつもない値段で売り出してかえって女たちの逆心理をつかんでいる化粧品のセールスマンたちと顔見知りになった。たいがい後家である。

彼女たちは仕入金を前払いせねばならぬ仕組みだったし、一セット六千円もするのを少なくても十セットは持ち歩かねばならぬので忽ち仕入れに困り家屋敷をかたに入れているといった。ゆうは空おそろしくなった。セールスマンたちのけおとし合い。

商売にゆく先々の家で必ず朝昼晩食事をよばれることにきめている女もあった。

そんな化粧品にくらべて安くて品の少いゆうの品物はやはり農家にむいたが片っぱしからかけになった。ゆうは金のさいそくの出来ないたちだった。かけがつゞけば売払いの約束がはたせなかった。豚も三頭では年中は出せない。モトもいらずかけにもならぬ仕事。日銭のとれる仕事が欲しかった。姉の子の学校の支度も出来ていない。

ゆうは日払いでくれる大衆食堂に通勤することにした。食堂には豚の餌も上等のがあったからである。九時に出て四時までという条件もよかった。帰りにはその餌を荷って帰った。

ここは三ヶ月で止めてくれと云われた。肺病上りは店のていさいがわるい。

〈一九五〇年代後半の執筆と推定される。『道標』六〇号掲載〉

奇病

一番列車が生あたたかくたちこめているユキの肉と血の匂いをするする伸ばすように通っていった。

「行こか。汝ら、そっちの足の方ばかゝえんや」

秀しゃんはひくい声でよいしょっとかけ声を出し、

「壊やしたらいかんでゆっくりゆくぞ」

といった。

× ×

おっかさん、あんたおっかさんですな。ほら、箸、箸ば握りなっせ。（ぱちりとはぢき飛ぶように箸がおどった。）

そうか、仕様もない。そんなら、はさめんでも、つっかけられるしこでよかですけん、そこあたりの肉ば寄せあつめて形だけ箸ばつけなっせ。

よかよか、わしどんが手伝いますけん。

こげんときは、じきなゆかりのもんが拾うようになっとります。

砂利の肉にへばりついて、ゆきの肉は仲々あがってこなかった。

「性根深か仏さんぢゃ。早うせんともう夜の明けるが」

老警官は砂利を浄めるひしゃくにひょいと頭を下げた。

「こゝはよう人の死ぬとこぢゃ。三年に一人づゝはこゝで死ぬ。一辺死んだとこは死んだ者がよぶちゅうけん」

×　　×

ひろきは、ズボンのポケットに両手をつっこみ、押しだまって肉片を拾う大人たちをみあげていた。

「夜の明けたら仏さんが匂うぞ」

まさの手はゆっくりゆっくりゆきの肉片に近づき猫が灰をかくように砂利の間をかいていた。砂利はかすかに鳴ってまさの手をはじいた。ゆっくりゆっくりまさの手が砂利を——。

「浄めまっしょ。浄めまっしょ。どら、水ばかけて。はい、もうよかろ。主なるところば拾へばよかとですよ。首から下に魂はやどらんちゅうで——。」

老警官はおはらいの手付きをして又水をまいた。

男たちは胸の底を横切るあかつきの寒気を、ぶるんとふるいおとすように互いの体をゆすりあって、のろのろと戸板をかゝえあげた。血の抜けた肉がぼたぼたと戸板の四隅にのびて、行列は失調性の歩みを歩みはじめる。

一人ぽっちになったひろきは、息子は、やせた目をみひらいて一ぶしじゅうを見ていた。母の肉をのせた行列が線路からやっと引きはがされて朝闇の中にゆらゆらと失調性の歩みをはじめると、目の前に拾い残されていた肉片をさっとかぼそいぺんぺん草もろともつかみとった。爪のついた足の小指だった。彼はキビンなしぐさでつき出ている腹の上のポケットにそれをおさめた。彼の腹は細い手と足をつないでぴょこんとつき出ていた。そして両手でしっかりと腹を押えると眉をしかめて、行列のあとからあるいてゆく。

※コウガイつくり
マサ、しま

ヒロキ、魚ぎらい
父なし子
祖母発病
母、イン食店
父、日窒工員

○ボウ頭　猫におけるかんさつ
しまが鉄道死するいきさつ
（夫婦舟なんぞクソくらえ）
性と奇病の描写

*

（もはや村で健康なものは彼ひとりだった）
　ヒロキは魚がきらいである。

カライモにフリカケをかけて食うのが気に入った彼の食事である。祖母のマキは――妙な子ぢゃ。ヒロキよい、さしみの一升二升はペロペロ食うようにならんとよか漁師にゃなれんぞ、といいいゝ、ゆでた小ダコの足を持って来て、ほら、このタコは可愛(もぞ)かぞ、可愛(もぞ)かぞ、ひと口にあんぐあんぐ、食うてみろ、と食べてみせたが、彼はなじまない目つきをそらせて、かけ籠の中から細い藷(いも)をうばいとって石垣の方へ飛んでゆく。舟の上までひらりと飛んでくる黒猫が友達のすべてである。

「オルが一年生になるときゃ、どげんなっとじゃろかなあ。ボーシとカバンな、どげんなっとじゃろかなあ」

クロともやいに藷をぱくつきながら彼は考える。

先隣のタケシが今年から一年生である。そのずっととなりのゴロウもイチネンセイである。

「オラ、ボーシ買うてもろたゾ。カバンももっとるゾ」

五郎は親たちが漁具をあつかうよりもっとオゴソカにその宝物をヒロウして、暗い土間にヒロキを立たせて近寄せなかった。

「バアチャン、オルもイチネンセイじゃネ」

「汝(わら)あ、ライネンじゃ」

「ライネンは十ねてからかな」

「まだまだうんとねてからじゃ」

ラインネンという言葉はひどく不安な言葉であった。

「ラインネンになれば、シマがもどってくるぞ」

祖母の言葉によれば、母ちゃんは何時もラインネンになればくる筈であった。

「ヒロキ、汝家(わるげ)のカアチャンは何時もどってくるとかい」

村の女たちがうす笑いを浮かべて云う。

「――ラインネン――」

女たちは顔を見合わせて又笑う。

ヒロキはラインネンという言葉がいやになっていた。

帰ってこない母とくらべて、カバンとボーシとクツには期待がかけられそうであった。それだけに不安が大きかった。彼はためらった末、珍しく妥協的な声で云った。

「あんな、バアチャン。タケシとゴロウは、カバンもボーシもクツも持っとるとバイ。トウチャンとカーチャンとマチに行って、コーテキタチバイ。オルがイチネンセイになるときゃ、どげんなっと？」

マキはしばらく歯の抜けた口元をだらんとさせたが、

「ラインネンな、シマが、カーチャンがもどってくるでー。カバンもクツも、ボウシも、もってくるで。ピカピカ光っとるのばもってくるで。ヒロキも、バアチャンの漁ば早くおぼえろゾ。ボラが上るごつなれば、ピカピカしとるのば、いくらでも買うてくるるぞ」

魚を食うことはいやだったが、ヒロキはタコつりが好きだった。

ねじりに鉢巻をしめあげ、片肌脱ぎになった祖母のかたわらでヒロキもはしっこい目をしてつぼをたぐった。

「たこさあがれ。オル家の鍋にあがれ。ふーん、ばあちゃん、このたこつぼはどべくさか」

まさも嗅覚はにぶい方ではなかった。

「ほんに臭いのう。会社のドべやつめ。ばあちゃんがこんなにつぼをにつまるまで毎年かきから落してやるに。漁師の気持も知らんで。ヒロキの程にもひとの気を知らんもんじゃ。ほんに悪かドべじゃなあ、たこが入らんちゅうよなよごれじゃもん。くさか、くさか」

マキの太い親指ほどの頭の紋ダコがそのドべの底から這い出した。

「見てみろヒロキ、タコヤツが目ん玉しょぼしょぼさせて出てくるぞ」

〈一九五〇年代後半の執筆と推定される。タイトルの下に「(新日文)」と記されており、『新日本文学』への投稿の心づもりだったのかも知れない。『道標』六〇号掲載〉

舟ひき歌

巧はえっえっえっというようなみんなの息づかいの中でぬっと立っていた。どこに工場の人間がいるのか、見なれぬ巨きな機械だけが威嚇的にぶるぶるまわって腹立たしかった。

会社ゆき（巧たちはこの工場労働者を羨望をこめてそうよんでいた）たちは年中行事のひとつのように賃上げのストライキをやっていたが、その賃上げのストの時は威勢のよい工員たちは今、うなりを立てる機械や得体のしれぬ建物の奥にひそんで姿を見せない。

工場に乱入したての一時間ほどは巧たちも勢がよかったのである。レーンコートの背中をしっぽのようにしわませて逃げまどう工員たちを追い立てて、手あたり次第に窓ガラスをわったり椅子をこわしたり自転車を工場の堀に投げこんだりしたが、こみ入った大きな機械になるとこわくて手が出なかった。窓という窓が割りつくされて音の反応が間遠くなると巧は馬鹿にされたような気がするのである。やにわに彼はじだんだを踏んで拳をふり上げて叫んだ。

するとと棒切れでテレタイプをぶんなぐっていて隣村の漁師が云った。

「オッ！　銭！　銭のあったぞ！」

みると事務員たちが逃げ去るときに開けっぱなしていった机の引き出しの隅に百円紙幣と五十円銀貨が

＊

潮がひき去ったように会社ゆき（巧たちはこの町唯一の工場従業員をそうよんでいた）が逃げてしまった工場の中は機械が横へいに押しならんでいた。

ベルトコンベアが急に頭上からゴウッと巧ら工場に不案内な漁師たちを巻きこみそうにするし、二千人もの漁師が散らばってもまだ奥が深かった。フン、あの奥に隠れてやがるな、巧はそう思った。

「やーいっ！　会社の大将出て来ーい！」

彼らは少しづゝ後ずさりしながら口々にそう叫んだ。誰も出てこなかった。音のするものが少なくなった。得体の知れぬ巨大な建物が円筒形に居座って、いきなりウワウワと毒のような白煙を彼らに吐きかけた。手近な仕事場の窓は大方たゝき割ってしまった。巧は口を半開きにしてえっえっと息をしながらあたりを見まわした。すぐ右手の方にまだ窓ガラスのはまっている平屋建の事ム室があった。みなはその事ム室に殺とうした。コン畜生、コン畜生。ガラスの割れる音は気持がよかった。

来年から学校に上がる筈だった彼の妹がばたりと奇病で動けなくなってからの戦リツと怒りが巧の中を走りまわっていた。

いまぁもぢょかなあ（なんと可愛いゝことよ）紅タロサンのごとあるなあとどこの女子衆も云うじまんの妹だった。紅タロとは切下げ髪の裸の日本人形で、村では網元の四人の妹娘がむかしひな節句に街の親せきからもらって着物を上娘からこさえてもらっておぶっていたが、昔からあるその人形を、目鼻立ちのよい女童の代名詞に、この地方ではよぶのである。

目をとろんとさせてはたはたとつゞれの下った袖をふりつゞけて、わづかに肉親の見分けだけがつくようになってしまった妹の、アフウアフウと云うような情けない顔つきが彼の脳のうしろにあった。多かれ少かれ、工場廃水のため漁場と肉親を失った仲間たちの想いもひとつである。

こゝでもすでに従業員たちは逃げ去って抵抗感はなかった。事ム室は三分とたゝぬ間に窓ガラスがたゝきわられてガランとなった。三四人が残り惜しそうに椅子をもちあげてやたら机にたゝきつけ巧は一番うしろから出がけに「ここもだーれもおらんばい」といいながら扉をしめようとした。するとと扉に手応えが、かすかなねばっこさがついて来た。巧は少しおよび腰になってとってをゆすり「誰や！」とひくゝ云った。応えはなかった。もう走り出さんばかりになってなおひくく「ダレカ」と云ってとってをはなした。

すると青い色彩がぱっとあふれて顔を半分かくした女ごが飛び出してまじまじと彼をみて立ちすくんだ。中学を出たばかりのような女ごだった。

肩に青いコートを引っかけている。彼女は少しあとすざりして両手を前にさし出すようにしてごちゃごちゃな机や椅子の間を走り出した。そのときこわれてさし出た椅子の背がコートの裾を引っぱった。コートは彼女の肩からすべり落ちた。ふりむきもしない後からびりっとコートをつかんで巧は追っかけた。がたがたと音がした。彼は上等でない下駄をはいて今日のデモに参加したのである。彼女はひえっというような声をあげて降り口を飛びおりた。あわてゝ巧はどなった。

「ヨウフクわすれたゾ！」

女ごはよたつくようにしてとゞまりうしろをむいた。コートをつり下げるようにして巧はさし出した。くちびるがちょっぽりあいたがものをいわずに彼女はかけ出した。巧はへんな、自分が弱いものになった気がした。仲間たちはもう次の事ム所にかん声を上げながら入りかけている。大また に二、三歩歩いて釘づけになった。引っくり返された机のひき出しから百円札が二枚はみ出しているのである。彼は背中の方にあるへんな弱さからもぎはなれるようにぐいと唇をゆがめてそれを拾いポケットに入れた。

彼の中で不当に奪われたもの、それは失われた漁の月日や、漁師風情がと鼻であしらわれて来た彼の全人格、白痴にされるまではほのぼのしていた妹のすべての未来や、それからあげて漁をする彼の村そのもの。いやそれだけでなく失われたものは彼らの海そのものだったが、今彼の掌にあってくしゃりともいわぬ二枚の紙は今日とゞかぬところにある不知火海をうばいかえそうとしてこんしんの力をこめてひったくろうとしてもちぎれて来たものは頼りないかけらだった。その頼りなさをせつなくにぎりしめて、せりあがるように浮かぶ少女のとまどったような眸を宙ににらみすえ巧はみなの方に走り寄った。今夜のめしはうどんだと思った。

実さい近ごろの彼の食事の一食目は藷であり二食目が藷であり晩めしもまた藷なのである。仲間たちから奇病患者が出てからというもの魚を恐れて誰も彼らのえものを買わなくなったのである。街で売れなくて隣県の山間部にトラックでもっていってももう奇病の話は伝わっていて四五十箱もの鯛やさわらが捨値でたゝかれても帰りのガソリン代もない仕末だった。仲間や肉親にばたばたと目のあたり奇病でたおれるのを見てはもう魚の気というものを食べる訳にゆかなかった。

それまでは、黒崎長平チン（ついぞ）米食わん、上々から藷、鰯のシャア（菜）と云っていた。漁師といえども彼らはキンベンに畠を作った。海ぎわに押し出されて風化したほんのわづかの赤地を小さな石ころですくいとめるようにしてたんねんに石垣でかこい、藷をつくった。米は米だけの飯は五反百姓の家でも祭と正月しか食わなかったから、ましてその分されで一、二反もらっている零細漁民にとってはなおのこと米の飯など祖さまに対しても罰あたりなことである。藷と鰯と南九州の陽に灼けていれば結構働けた。ところがその鰯が食えなくなってから久しい。

「わが手で作らん米の飯ば食う街のもんにこげん魚の味のわかるか！　のう！」

といって漁師たちは主食がわりに魚を食べられることを誇りにしていた。

お菜のはづであった諸が主食になって、

「からいも屁ばかりひって腹力のもたもたしとるぞ」

と女子衆まで云うのであるから、村中の便所はどこも魚の匂いがうせてからいも臭かった。

大方の家が土に壺を埋めて二枚の板を渡した便所だった。巧はその上に踏んばってちかしげな蛆虫をほとほとみていて、こいつらだけは奇病にもこたえんようにしていやがると思って唾を吐くが、その度にむらむらと屈辱感をおぼえるのだった。巧が力まかせに閉めるので巧の家の便所の戸はよけいがたがたになった。

巧がみなの方に息荒く走りながら、今夜はうどんだと思いかすめたのはそんな訳なのだろう。

部落中の猫がおどり狂いながら死んで次には漁師や年端もゆかぬその子たちが手足がはげしくふるえだし、口もふるへ出しものもいえず、もちろん食事も出来なくなり、犬の遠吠えのような声をあげてつぎつぎと死んでゆくのである。

新聞やなんかに書きたてられて、この地方に一つある肥料工場の廃水に疑惑の目が集中されたが、何しろ昔から工場とともに生きてきたみたいな周辺市町村であってみれば、あからさまにはそれと云えぬらしい行政当局の弱腰と暗々にその辺を計算ずみの工場経営者側の沈黙の中で漁民たちが正面に出して陳情する排水停止要求も被害補償要求もかんじんのところで肩すかしを食い、漁民たちは役場の民生課や福祉課にお百度を踏み、直接には会って呉れぬ工場責任者との仲介や生活の実況を訴え、それら役所の人間の中では困うじ果てた漁民達をあごでしゃくって物乞いに来たものゝようにあつかうものも多かった。

もう仲介者を頼む気のなくなった漁民たちの大群が気を荒くしてしまって責任者を出せと云ったが、工場は門をぴたりとしめてうちあう気のまるでないことをはなから押しつけたのである。デモなどと云うことは生れてはじめての漁民の中には、自分たちが常日頃見聞するデモの本元みたいな工場に押しかけるのであれば気おくれせぬよう少しばかりの酒気も帯びていたので、自分たちのためには開けられる意志のまったくない門をみると逆上してしまった。

二千人の憤怒がそれをたゝきこわして工場へ突進した。統率力も指揮者もない漁民の群れは怒りにまかせて手あたりしだいのものをたたきこわしてぐるぐるしたが、目指す「会社の大将」どころか、同じ町や村で行きかえば満更血縁でもないことはない労組員たちさえ押入強盗にでも入られたような背中を見せて逃げ散るのをみては、じぶんたちのむけている怒りがどこで受けとめられているのかばくぜんとしてくるのだった。

確実に返事をすると感じられるもの、たゝけばカンと音のするものにそのうっぷんをむけて走りよった。彼らは返事に餓えていた。彼らのギモン、彼らのねがい、彼らの怒りをまともに受けとめてくれるものは何もなかった。窓はたゝけば遠慮なくパアンといった。倉庫に立てゝ寄せられた自転車も、それが誰のであろうと、たゝけば掌にガンとこたえるのである。彼らは口々にこう叫んでいた。

「返事をしろ！　返事を！」

高々と自転車をかゝげてドブにたゝきこんだ。自転車はぐちゃりと折れまがりドブに――これがあの毒の汚水かとなっとくのゆくもう見たゞけで今のせっぱつまった漁民を一気に狂気にさせるに充分であるドブに――たゝきこまれた。机も椅子もテレタイプも。

「ドブを埋めろ！　こいつを埋めろ！」

正体をみせぬ張本人の姿を折れまがった自転車や泥くたの電機計算器（それが何であるかも彼らには知る必要もなかった）の上に重ねてみるより他なかった。だが、それだけだった。それ以上の反応はなにもなかった。

工員たちは遠い隅っこにかたまっていすくんでいる、青ざめているその遠い隅の工員達に直接危害を加えるのは、みな暗々に本意ないことだと思っているのである。第一近寄ったら吸いつくかも知れぬやたらくもの巣のような電線を越えては奥へ進めぬし、さわれば爆発して三里四方は全メッするとも噂にきいているタンクも近くでみればどれがそれやら、漁師達が見るどんな舟や岩かげより巨きく不気味に立ちならんでいた。

漁師たちは疲れかけていた。それにいつの間に集まったのか、建物のまわりを見まわす目に、街の人間たちがびっしりと工場を取りまき声も立てずに押しならんでいるのである。

彼らはときの声をふりしぼってもと来た門の方へなだれよった。

そこには灰色の鉄帽をずらりとならべたケイサツが立ちならんでいた。巧はポケットのある太ものあたりがじわりと汗ばむのを覚えた。漁師たちは門の前からその左右に流れるドブに沿って押しよせた市民にかこまれた形になった。

「誰もおらんじゃったぞ！」

「やっぱ命の惜しかか！」

「おっどま三十人殺されたゾ！」

さけび声はまばらでぎゃあと云うようにきこえ、ガラスの破片でしたのか、ケイサツと渡りあったのか、耳やあごから血を流し、漁師流の向う鉢巻の下は汗とほこりと充血でむくみ、目だけが敵をもとめて飛び出しそうにしていた。穴のほげた黒や緑色の丸首シャツも変色したハンテンもぐっしょりぬれていた。大半が下駄ばきだったので片っぽや両方とも緒を引きちぎりはだしだった。

ドブの外側の見物人たちの大群衆はしぶきをよけるようにどよめきかゝったが、門に片よせてある門衛つめ所を漁師たちがとりかこむと又かたずをのんで見守った。

巧は、こんなに沢山の人間からとりかこまれた感じがしたのは始めてである。彼はみなの中にまぎれ入ってうろうろとつめ所をまわったが、破れた窓の方から街の人間たちの眸がすきまなくびっしり自分の体にはりついてくるのを感じた。

工場をめぐる堀になったドブに副ってこの騒ぎを見物しているものたちからみれば、漁民たちはさまよいこんだオリの中を出ようとして狂暴になっている生きものにみえた。彼らの投げこんだ椅子や自転車やその他雑多なものでドブは埋まり、一段とゆるい流れをとめ静かにふくらんで来るのである。それは何か、工場のめくれた裾からもれるたえまない、はずかしい体液だった。海にむいた排水口を漁民がせきとめているとさゝやかれた。黄褐色のそのどろ〳〵した廃水は市内に逆流するだろうという思いがはしった。見物の人々はイヤでも急に廃水の中の毒素を感じた。

「なんて野バンな！　どうしましょう」

見物人の中にはすぐ裏手の海沿いの一級社宅にすんでいる工場社員の夫人たちの一団もあって、ひとりがそういったのである。

「フン、こうなっても知らんふりなら会社は市民にも損害ばいしょうしてもらわにゃならんばい」

土方風のがじろりと、夫人たちの方に一べつを呉れて云った。夫人たちは青くしゅんとしてたちまち口をつぐんだ。

ドブを境にして云いようのない漁民と市民との意志の対立ととまどいと困乱がながれた。工場内部に深くひそんでいる敵からの応えのなさと自分たちをとりまく世論の、今びっしりと浴びている無数のまなざし、それは得体の知れぬ小さな虫のように漁師たちにとりついていた。

「責任者はおらんか！　責任者は！」

門の植込みにひそんで漁民のさまを近々写真にとっているものがあった。

「ヤツ、私服ぞ！　カメラばおっ取れ！」

見物の側の屋根にもカメラ持ちが上っていた。漁民たちは忽ちみつけて石を投げた。そのたびにまわりの群衆は声ひくくわっと云いながら身をかゞめたが、巧は石を投げる度にそのまわりの人間達と自分達との間が阻まれてゆく気がしてやり切れなくなっていたが、といって敵とおぼしいやつを追わぬ訳にもゆかないのである。（一日二日の気持ぢゃなかぞ）そう思うとまたけだものみたいなおめき声がのどをほとばしる。

そのうちまたみんなが走り出した。

マイクの声がしだした。

「ボウ力はやめて下さい。ボウリョクはやめて下さい。門の外に出て下さい」

ケイサツが門をあけた形に沿ってならびその少人数で漁師たちをおくり出す隊型にみえた。

「やい、汝共（われ）はどっちの味方か！　返事せろ！」

年かさの漁師がはだしの足を踏んばってどなった。

「ランボウはやめて話しあいをして下さい」

「なにおー、話合いせろとはこっちの事ぞ！」

「ケガ人を出したらお互いの損です。門の外に一応出て下さい」

若いのがしゃがれ声で云った。

「おゝ出るくさ！　猫の子一匹おらんとこやもんな！」

みながどっと笑った。奇病さわぎは猫が死んで居なくなってからの始まりだったから、変にこの猫の子と言うことばはおかしかった。

この笑いにおされて出ず入らずで地太んだ踏んでいた漁師たちはどっとしぶきのようになって門を出た。重なりあってつめかけていた人々は不意をくって身体を背中の方に押しながら後ずさりした。

「退いてくれんな！」

巧たちはよみがえったように声をかけた。

群衆の中に大型バスが立往生していた。というより、バスもこのさわぎを見物していたのである。

「退け、退けー」

漁師たちはバスをたゝいてどなった。バスの窓から急におびえたようになった顔が一斉に引っこんだ。ひょいと運転手が首を出してどなった。

「ギヤーがたまがって云うこときかんぞ！」

今はバスをすっかり取りかこんでしまった漁師たちが即座にうなづいて、

「おーい、曳こうやー」

「よおーし来た」

巧もパッパッと汗だらけの掌をズボンで拭いてバスにとりついた。三百円のことがちらと頭をかすめた。セミにとりついた蟻の大群のように人をぎっしりのせたバスに漁師たちがとりついた。先頭のものがしゃがれごえをはりあげた。

「そーら、えっしんよーい」

「そーら、そーら」

ブルンブルンと腹下しのような音を立てるバスの音のあい間に漁師たちのかけ声が湧き上り、バスは少しづゝうごきはじめた。運転手が幾辺も首を出し見まわして、ひょいひょいと何べんもその首を下げた。ハンドルをはなしてひたいの汗をふいた。乗客たちはへどもどして首を運転手にならった。ひとりの百姓らしい爺さんがぐいと身をのり出して、腕を振って歯の抜けた大口をあいてとほうもない声でかけ声を指揮した。

「そーれ、えっしんよーいっ！」

デモの後尾はまだ門内にいたが、これを見つけると声だけで加勢した。

「ぐつぐつするなー。尻ば焼けえ！　尻ば！」

足のおそくなった舟は、舟底を焼いて早くするのである。漁師たちはうれしくなって又わらった。

ながい間舟を浜から渚に曳きおろすこともないのである。

よってたかってかけ声をかけ、こんしんの力をこめて四十人乗りのバスを曳いた。バスは駅前広場を笑顔になった群衆をわけて力づよく進み、エンヂンに調子が出た。自分の力で前に出た。

「ありがとうござしたあ!」

と運転手が云った。爺さんがしっかり気張れやと云ってしかつめらしく口をとじて手を振った。乗客たちがおづおづとあたりの群衆を見まわして微笑した。バスはおならのような煙をしゅうと出して、バスの去った後の空地に巧たちははたはたと掌をはらってどっかと座りこんで門の方をみた。みんなは元気よく立ちあがって、責任者に合わせろ、合わせんうちは帰らんぞ! としっかりした声でいった。

「暗うなっても帰らんぞー」

巧もまけずにどなった。

「パン食ぐらいは銭なもっとるぞう」

〈表題は「舟ひき歌」となっているが、『全集』所収の『舟ひき歌』とは全く内容が異なる。一九五九年のものと推定されるノートの中の、未完の作品のひとつである。『道標』五八号掲載〉

占有はくるしい

占有はくるしいと私はおもう。くるしさをよけて共有がたやすいとおもうのか。ノン！

一体近頃仲間達で使われる言葉には共通語が多すぎるのだ。たやすい共感は酔っぱらいのくりごとと同じりくつでしどけない。

希有の感情が生れそこからみしらなかった思想が帰って来つつある。私の中への途方もない旅立ちだ。この闇、ここにある人間たちの声。いまだ組織にもならない故、みづみづしくあやしいものたち。ちかく太陽はさしてうつくしくもない朝この人間どものあっさりした儀礼を受けるに違いない。

たとへ空洞とよばれようとたしかめねばならない。空洞を空洞とみとめる必然。ひとりの男の形をつくったこともない女がなんで何人かの、無数の、男たちをつくれるものか。

恋と占有を同義語にすることこそ口惜しいのに。

一瞬の妖術で洞穴の中から分身ではない多彩な男たちを吹きだしてみるほどには残念ながら夢みる童女の域へか？　甲羅を経てもいないのだ。

ゆきにとって、今、表現とは平和のことだ。表現とは闘い開始なのだ。彼女の母たちは古代の原野で表現と云うものを恋歌につかったと云うしごくもっともな結論に感動する。恋は女にとってははじめから闘いを意味していたに違いないことに感動する。

*

ああ、書きとめることのおろかさ。生きられる意志が大事なのだ。生ぐさい芳香がする死をほしがっては一日中いやいやをして暮した。人間は沢山！　サークル沢山！　わたしと云うやつこそもうたくさん——。

あからさまな自嘲を通してみれば弁証法は千切れた蛇だ。わたしは童話にも登場しないなりそこないの黒頭巾の婆さんだ。

書くということはなんて苦しいのだ。エデンのリンゴより罪深く実証的な文字と云うものは何だろう。瑞々しいということは何だったたっけ。彼がその言葉を使ったとき私はぴくりとし、今でも胸の中は空いたままで残っている。

「この文章瑞々しいな。こんな女の子に逢ってみたいな」そう彼は云ったのだ。

そのとたんに私はまるでお前さんは瑞々しいの反対だと云われた気がしそんな自分を許しがたいほど恥ずかしい存在だと思い、そして望むべくもないその「瑞々しさ」に対してひどくやきもちをやきつづけているのだ。

そんな事はもうどうでもよい。

洗濯物が溜り出すのと死にたい度合いの深さは正比例する。するとわたしは洗濯物がいよいよ苦になり片付けものと云うものはごっそりそっくり根こそぎ片づいちまえと云う気になる。

若い友への手紙

あわただしい出遭いを想い出そうとして、それははるかにむかしのようでもあり、もどかしい未来のようでもあります。私たちやあなた方の間に坑木のようにうちこまれてくる時間を、歴史をつらぬく自らの意志に結びつけねばならないとは思うのですが、しばしば、それが断たれてしまうのは、生きたいねがいの中断に他ならぬのでせう。

全く私は舌打ちしながら暮しています。党を出て音を立てて私の外郭をおおっていたものが崩れおち、私はそんなガレキの中、昔ながらの、あの動くことなく座っている日本の女、つ、う、のように座り、一畳の妻のように座り、家を出たノラさえも、ついには岸辺に定着しようとする所にいる自分、あるいはそのような幻想を抱きつづけて、それは入党前も離党後もかわりません。

限りない変身を夢見て岸辺に定着しようとしている自己を形成することと社会を形成することは何のためらいもなく一致する要求なのです。この意味で、党にかかわりをもつということも（入ることも出ることも）そのことの二重構造そのものの論理の苦しさにかかわりはないのです。

つまり離党は具体的な生存の証しとして、私が何よりも大衆のひとりとしてそれを要求するからに他なりません。今、革命の理念について明確な見とおしが出来るとしたら、二十年先〔以下空白〕

〈一九六〇年代初めの執筆と推定される。もとは無題。このたび仮題をつけた。『道標』六三号掲載〉

かま

石工(かた)の五郎ちゃんは地べたに投げ出した足の間に何やら落書きをしていたが、にやりと思いついて、その小石をぽいと右の方に座っているおしんの腰にほおった。

あねさんかぶりの端っこをはねあげておしんの目が光って振りむいた。

「誰や！」

五郎ちゃんは、片手をメガホンのようにして目を細めた。

「やい、汝も藪入りしたろうが」

まわりに座っているものたちの間に忽ち小さな口笛が鳴った。

「ホオッーホオッー見たぞ、見たぞ」

「何や！　下作な事ばいうて大事な話ぞ」

俄か作りのミカン箱の壇上から川上が一段とどなっていう。

「そこそこ、そこは黙っとらんか。えー、以上のようにわが全日自労執行部は八拾円の賃上と、合せて、安保十八次闘争を組み合せて、明日の統一行動には皆さん万障くり合わせて半日内ストにしましたから御賛同下さいますれば拍手をねがいます」

ええぞ、ええぞ！　と皆は手をたたいた。それから、「炭掘る仲間」というのをおかね婆さんの音頭でうたった。彼女は今日のトラックの止り場所が朝鮮の一パイ屋のそばに止ったので集会に来るまでにキュッとやって来たので景気がよかった。みんなあ、なかまあか、えい、ふん、炭掘るなかまあー、それ！　彼女が音頭をとるとハヤシがふんだんにはいるのだがみなは心得てよくうたって解散した。

五郎は、「ちきしょう、おかねさんにあやかって一パイやるか。安保共闘のヤツら、自労は元気のよすぎるけん統一行動の行進は一番前出すな、前出すなちゅうて、フン、かねては日当もらわにゃ平和行進にも出らんくせしとって。みていろ、明日はふうふう云うごと、後から追い上げて呉るけん。何が労働者の連帯や、よごれもんがち思うとるくせしての」

「ン、そこいくと、三池はよかったゾ。オルグに行った時は、こっちも他人ちゃ思われん、あっちもそげんな思うとらん。握手ちゅうもんばはじめてしてみたが、手のごつごつしとるもん。俺どもは泥仕事、あれ達ぁ、石炭仕事。同じ地のもんばあつかうもん同志じゃってなあ」

「ふん、そるがなしてか、ここに戻ってくれば同じ労働者ちゅうても会社ゆきやら、ゆうびん、電通、位がちごうらしかたい」

「そのくせ大単産の奴らほどよう動きよらん」

張さんのさかな無しでものめる店は一パイだった。おかね婆さん達が一つのテーブルを陣取っていた。

「ああ、こたえられんばい、このうまさ。おるが働いておるが飲む。誰に文句があるかちゅうもんたいなあ。ちょっとこりゃ、五郎ちゃん、何ぢゃむづかしか話ばして、中学半分行ったちゅうて威張るない。そいより、ほら、おしんが藪入りしたちゅうの、じつあ、わしもうすうす感づいとったがの。こないだからお咲さんの家しかけて行ったちゅう話ぢゃったが、かたつけてとうとうおっとったかいの」

藪入りと云うのは、自労の仕事というのは主に道路を作るなどが主であったから、仕事の合方同志が仲良くなることである。監督株の男と合方になれば、仕事も専属にしてもらえて月のものや神経痛のものは、遠くに石荷いに出などしなくて、専属小屋で少しの昼寝位は、大目にみられるのである。

その監督の山上がお咲きの小屋のかまやの屋根にトタンを打っていたのを同じ部落のおしんが水汲みに通ってちらと遠くから見たからことだった。

おしんさんとお咲さんは、昔はどっちがよか女ぢゃったかという話が出て以来、おしんは面白くなかった。同じ部落の中から後家が二人失対に行くということは身のひきしまることである。その中で昔の暮しといい（夫は会社の給料取りだった）、きりょうといい、楽な仕事をとる手腕といい自分をおいて他にある筈がない。それがあの、居るような居ないような、満州帰りのお咲ごときにくらべられるなど育ちがちがう。同じ引き揚げでもこちらはれっきとした亭主持だったし、お咲は旅館の女中しとったじゃないか。

それに、民生委の平山のだんなさんとも「喜びもかなしみも」うちあける間柄ぢゃし。民生委の平山という柔道つかいのあんまはせまい部落の中を遺族年金のことから屋根の雨漏りのこと、中学出た子ども達の出稼ぎの世話までこまめにまわって世話がとどいたが、遺族年金の証書をかたにおしんがこの爺さんに借金を申し込んでから、このところ後家まわりとは、おしんのところのカヤをめくるこつぢゃろと部落のものはいっている。返済見込みがないとみたら決して彼は五拾円も貸さなかったから借りはぐれた者たちが多い中でおしんの「喜びも悲しみも」の話は皆を面白がらせた。

港市失業対策自労分会三班のおしん後家の畑の作物が夜な夜な、キャベツであれ、さや豆であれ、かぼちゃであれ首をちょん切られている、という話がパッと拡まった。

このところ安保共闘会議に所属している港市自労では、十八次統一行動と八拾円賃上げのため終業後の集会をちょくちょくやっている。

おしんがこのところだまりこんで、時々蛇が首をきゅっともたげるように目をすえて、日頃のように昔の栄華話も出ない所をみるとよっぽど今度はこたえとるわい。

キャベツの首ならまだいいが、そのうちに男の大事な所を切られなきゃいいが、とみなは話しあった。

日ごろは居るような居ないような、仕事だけはやたら小まめで、時々体に似合わぬ屁を出してはにかむ肺病上りのお咲が、夜道をとぎ澄ました鎌をふりかざしておしんの畑に忍んでゆく姿を想像すると、無口な女だけに何を仕出かすかわからないという想いが胸に来た。

おかね婆さんが、「なあお咲さんや、年は五十になっても心は誰も二十娘と変らせん。口惜しかろうが、ちっとはしゃべって胸晴らせ。思いつめたら体に悪かぞ」と慰めたが、お咲は青い顔でにいっと笑ってにんにく漬けをはさんで噛んでゐる。

「何ぢゃのう。我が家帰れば、腰の立たんカカば抱えた男共や、後家女の集ぢゃなかかい。仕事のあい方は、女郎にすればなじみを持っとるのと同じことぢゃ。失対もんな村に帰れば、鰯二百メもうんと買うて下げて帰っても目引き袖引きされて、仕事に出たときばっかりが我が世界ぢゃっとに。シャバにまでそげな問題バラさんでもよかったっじゃ。何や、民生委員まで連れてお前んとこ乗込んだちゅうぢゃなかや」

平山を従えてやって来たおしんは、ひくいかまちに腰かけてゆっくりみまわし、うたうような調子で云いだした。

「あれまあ、ここらへんにはタンスまで持っとんなはるとぢゃな。ぴかぴか光らせて。男手のあるところは違うもんぢゃ」

かあっとお咲は頭に血がのぼって物がいえない。この人は何の用で来たんぢゃろう。

「今日はあんたに手えついてもらわんならんで。物のわかるおひとについてきてもろうて来ましたばい。

川上さんがあんた家の屋根に登っとらすのばわたしゃみましたもんな。あんたよっぽどカントクさんばユーワクしたっですど。わたしの仕事ば専属にして呉れらしたけん、やけたとでっしょ。見せつけかいた。何ちゃみだらがましか。後家の恥ち想いなはらんか。わたしどもは民生員のお世話になっとるとばい。村の世話に。それに村にまで男引っぱりこんで。わが髪に白髪生えかかっとるとの知らんぢゃろ。何ぢゃろ、しわづらでおって、カントクさんの親切ば思い違いしとりゃせんな。監督さんば迷わせでもしたなら失対の仕事全部にかかわりますけんな。今夜この場で手え切るちゅうてもらいまっしゅ。

同じ村からあんたのごつだらしなか後家の失対行きよるちゅう事は我が身の恥と同じぢゃ。満州で何しとんなはったか知らんが。母娘代々父なし子生んだよなあんたと同じにしてもろうたら困りますばい。たったいまここで手え切るち云いなはりまっせ」

咲はふるえるばかりで口がきけない。平山が口ひげの水ばなをつるっとすすって、

「まあま、そげんまで云わんちゃお咲さんにも考えのあるこっぢゃろから。あんまり目立たんようにしてもらえばよかこっぢゃ。明日からわたしが監督さんなあづかりますけんな」

二人が出てゆくのがえらくのろくさく感じられ、ぱらぱらと足を乱して外は雨になっていた。

おしんは明けの日の飯場では浮き出すようにして監督の湯のみを洗うやらさしむかいに腰かけてべんとうを食べ出した。

おかね婆さんがしかめた鼻をまわしてそこらの坑木に座っている外まわりのものたちに飯場の中をさし示した。

「いつもはこまか屁でしか物云わんおまいが云うこつぢゃって、ほんなこつぢゃろ。ふむ、これでまたいっときは外まわりの組は分がわるうなるぞ。どうぢゃろ！　よか気色で二人並んで座っとるぞ」

失対のもの達が外まわりから専属になるのは容易ではなかった。よほど公然と腕の立つものでもそれはむづかしいのである。チェーンで石をまいて石方がつぎやすいように肩で拍子をとってひょいと積み重なった石の上にけづった角をのせる。力もいるし技もいる。こんな合方をもった男はどんなに仕事のはかがゆくことか。こんな仕事をさせたら及ぶもののないお浜でさえも専属でないのである。

専属になれば明日は使い手の違う、仕事の分担も違うどこの作業場にやられるかと心配しなくともよいのである。小屋づきであるていど監督のさじ加減で仕事のめはりをおさえる事が出来る。それに第一外まわりより五円も日給が高い。専属小屋のそばにはこのごろ失対専用になったかと思える八百屋が出来て、その店は鯖一匹町で五十円のときは四十九円、かぼちゃ二十円のが一九円というぐあいだった。

咲は石垣の穴に入りこんだやもりのように益々無口になった。そのうちに、専属と外まわりは仕事中は中々逢うことがないのだが、暮れ方安定所で日給をもらう列の中で、「おいよ、監督がよ、さっき、おっ、おるが自転車のタイヤうち切ってあるち云いかけたばってん、終いの方はっきり云わんぢゃったぞ」

五郎ちゃんは目をきょろきょろさせてうれしそうにポンと元さんの背中をついて云った。

「あれー！　おれもみたぞ。昨日は弁当包みがヤラレとっての。口ひくひくさせて手拭包んでかえりよったわい」

六月一九日

港町自労分会は全日ストライキをうって朝からもう三時間も市役所に座り込んでいた。組会長は東京のデモに行って今日の交渉委員長は監督である。

「ええ、まことに執行部としては申訳ありませんが町長はおらないのであります。今日のことを見越してか、出張中としょうするのであります」

ひとしきり怒声が鳴った。

「おい！　執行部押しが足らんぞ、押しが」

「ちっ、ひもじゅうなったのう。なあんもせずにおればよけい食うこつしか考えんのぅ」

「なんじゃ、こんだ昼から町のデモ隊と合流に行くとぞ。腹へらさんでとっとけ」

彼は古びたチョッキの腹に手を入れ、やせた腹をつき出すようにして立った。

「ええ、私こと、今日は折角組やい長代理として、交渉委員に立ちましたる事は名誉なことであります」

忙しくチョッキの下から手拭を出して鼻のところを拭く。「ええ、まことに申し訳なきことでありますが、町長はるすなのであります」

〈一九六〇年代初めの執筆と推定される。『道標』六三号掲載〉

水俣聞き書の会からの御願い

私たちが生きて行きますには、いろんな事に出遭わねばなりませんが、本の中に書いてあったむつかしい言葉や学校で教わった事を思い浮かべますが、ふと、自分の智恵は自分ひとりの智恵でなく、父母や祖父母や、隣近所のお年寄の言葉が不思議に自分の中に生きていて、物事の判断をさせる場面がよくあることに思い当ります。

また若い頃は故郷という言葉は、何か、遠くはなれた土地で思うもの、という風に考え勝ちですが、たとえば、本に書いてあるカチカチ山の話は、

世の中が大へんひらけて来て、私たちは、ラジオやテレビなどを仕事の合間にたのしむことを知るようになりました。ふとした拍子に、小さい時家の祖父母や村のお年寄の膝の中できいた、水俣べんの昔話（おとぎ話）のこと、身上話、自まん話のたぐいも忘れがたく思うのです。もし自分の

子供達に昔話をきかせる時は、本に書いてあるような標準語ではなく、昔年寄りからきいたように、「あんねえ、むかし、むかし、どこぢゃいよん、山ん中にねえ、ぬしがごたるもぢょかたぬきぢょとうさぎぢょとおらったっちぞ――」という風に語らなければ話をしてくれたお年寄に相済まないような、気分が出ないような、語り伝えたような気がしないと思うのです。

小さかった私たちを守りしながらそんな昔話をして呉れたお年寄り達は、自分の家の子、よその家の子という風な区別をあまりせず、幼い私たちを一様に、わっどんとか、ぬしどん、とかよんで、いたづらをすれば遠慮なく叱ったものでした。お年寄は一様に物を大事にし、畦を踏んだり、かんじんどんにいたづらをしたりすると、ひどく叱られたものでした。

昔の人たちは、今の若いものたちは昔のように仕事をようせんといいます。それは、お年寄達は、何よりも御自分のお仕事を通じて、物や、人間に対して、いつくしみ、労働と愛についての警告が深かったと思います。

「故郷」という言葉を口にするとき、故郷の人間を育んできたこれら世に知られることなく自分の物語りをひそかに子や孫に語り伝えている人々をおいて考えることは出来ません。日本の歴史と文化はそういう無数の人々をしっかり底に敷いて、発展するものだと信じます。

郷土の政治、経済、文化は、民衆の暮しのなかでどういう形態をとっていたかを知ることで、あらためて日本の歴史を見直し、知ることが出来、郷土を愛し、祖先をうやまう気持ちも強くなることと存じます。

水俣聞き書きの会は、自分達の祖先から現代にかけて、どんな風に水俣の人々が生きて来たかをなるべくくわしく的確に記録し、水俣の物語をあもうとして発足いたしました。町の片隅や、村のはづれで、人々の物語が埋もれては若い者として申訳ないのです。

どうぞ若い者たちに、水俣に住んでこられた昔からの色々な話、苦労話などを、沢山きかせて下さい。お願いいたします。

昭和三六年十一月（一九六一年）

聞き書　計かく表

（11月9日）

1 会報作成＝例会日の概略　テーマ、出席者等
（例会日記みたいな形で）

2 趣意書作成＝お年寄に呼びかけるもの、若い世代に呼びかけるもの
↓中野先生帰郷に間にあうようにする

3 およそのポイントをきめる
ロ、農民史の中でとらえる
イ、社会科学的な目を通しつくす
ハ、民俗学としてはどうか
ロ、生々とした物語でなくてはならない
ニ、高い文学性を!
（11月10日、趣意書下書）
テープをトショカンにオクコト
（11月11日）
松本、赤崎さん来る、前田さんをゲキレイする会のこと、聞き書会の

聞き書趣意書　水俣の物語を編もう!

刻々と埋もれてゆく人間の歴史があります。

あなたが、あなたであった歴史は誰が知っているのですか。自分の想いの何ほどかを誰かに知っ

ていてもらいたいと念わない人がいるでしょうか。

私たちの故郷は、自らの念いを人に伝えることもなく、一生を閉じた人間の集団を養分のようにして、今もひたすらな寡黙を守っています。

私たちが〈故郷〉という言葉を発する時のやるせなさ

私たちは故郷を知らない
こんなに故郷を愛しているのに
幾夜となく逃げようと納屋のふかい村をかえりみたこともあったが、私たちは人間を知らない
こんなに熱くせきあげる愛を誰にあづければよいのか、
大明神の祠よりもさびしく

終戦のあと、水俣の農民たちは、何か晴々しいことでも語るように日窒のストライキの噂を語ったものだった。共産党の小泉ちゅうのはあんた大学上りのよか男ばい、そやつがあんた演説しぎゃ台の上上がればストライキでん何でんはちこらいちゅう調子になるげなばい。

故郷において革新運動であれ、文明であれ、何か新しいものが這入ってくる時の何とも民話的であったことよ。

きゝ書をまとめる筋道

▲水俣村に文明はどういう形で這入ってきたか
▲習俗を通じてみる生活の原型
▲ふるさとのエネルギー〔ドラのケンカ、ヘイヨヤッサ
▲文明以前の生活〔シラミの話、煙はゴチソウの話
▲民間信仰〔コウジンサン
▲人名録〔宇太郎、ヒロン、犬の子カンジン、ポン太、もも助
▲労働運動史、ストライキ
▲労働者のふるさと

〈『道標』六六号掲載〉

海の街

熊本駅――

一九六二年の夏の夜、待合室は、便所や若者たちのわきがの匂いをこめながら、人々の無遠慮なあくびの中で、ねむりかけていた。

破れたソファの上に、たぬき寝入りしている浮浪者達が、煙草二、三本の取引きをはじめる。泥まみれのツッかけ草履をはいた象皮病の男は、そうすることが趣味のように、セメントの土間の上に、まんまるくぽってりと唾を吐く。そうして上目づかいに相手をみては指を出す。

焼酎の二合ビンをカンタン服の袖にかかえた小柄な女の浮浪者が、取引きをしている男達の間に、のめるように割りこむ。ビンの蓋に焼酎を注ぎ、自分がキュッと呑み、どげんな、いっぱい、とさし出す。

男たちは彼女には目もくれずにその杯をとって呑み、あっちへ行け、という風に一寸けわしい眼つきでにらむ。

彼女はフラフラと立って、破れ目のないソファに身を寄せている紳士の肩を、ちらりとみて、ためらうようにかぼそい指で押す。

「やんなはりまっせんか、いっぱい」

紳士はいびきをかく。

彼女は断られつづけ、とうとう片ちんばの下駄をぬぎ揃え、その上に腰を下し、照れたような笑みを浮かべながら、待合室の一人一人を眺めまわして、ひとりで焼酎をなめはじめる。

ギターの爪弾きが、ふいにきこえる。プラットホーム寄りの窓に腰かけている若い男だ。年寄りの浮浪者より、すこし服装がよくみえるのは、色つきのアロハを着ているからだろう。ねっとりと崩した湯の街エレジイ。

待合室で目ざめているのは、ここの常連らしい浮浪者達と私ばかりだ。つまり同類ばかりという訳だ。ギター弾きがしきりに秋波をおくってくる。わたしはくたびれきって、すっかり幻想的になってしまっている。同性愛者かしらん。恋人にあぶれてジャン・ジュネと女乞食は、今夜はゆきずりの相手にまみえんという訳なのだろう。しかし、彼をジャン・ジュネにみたてても、パリでない街の霧はすっかからかんで、女乞食のまぶただけが、ぽうと煙ったように酔っている。

彼女はうっすらとねむりながら、まるで、くたくたになったこの市街のねむりの番でもしているように、ギターの爪弾きの中で時々かっと目ざめてはまた焼酎をなめる。やせた頰の肌目がほんの少し紅をさしているが、ひらいた毛穴のひとつひとつがあくびをしているようだ。髪は、まげの形をつくっていて、だらりと頭から乳房の上に落ちかかる。

市街のねむりを吹き破って笛を鳴らしながら、午前三時発鹿児島本線下り鹿児島行き列車が入ってくる。

わたしはとろんとなった目を、ちょっと手で押えて起ちあがり、改札にむけて歩き出す。それからちらとギター弾きの方をみる。彼は半分ねむりこんでいるが、けなげにも目ざめて職業的な媚のあるいないなせな微笑を投げてよこす。あばよ、という風に。

匂いはどこででも湧いている。夜行列車の中は、食べちらした卵のからだの、ウリの皮だのの匂いでむれていて、魚をひっくり返したようにころがった人々が寝息を立てていた。

膝小ぞうと両の腕を丸出しにした木綿のワンピースの娘たち。熊本で熟睡しているからには鹿児島県に帰る娘たちに違いない。セットの崩れたブーファン型の髪。紡績をやめて、パチンコ屋あたりを、たらいまわりしている感じの化粧の仕方だ。手軽そうなトランク。いづれまたすぐ、折り返し、鹿児島本線上りで、京阪神方面へ出かけて行くのにちがいない。太い、まだ健康そうな脚に、とがった靴をはいて。

田んぼ道、彼女らの故郷の、やわらかい土の道は、彼女らのそこだけ都会風なちょんととがった踵を、ちょっとくわえ込むようにしてから離すのだ。そのとがった踵が、そんな風土にめり込むときに、彼女らは故郷へ帰って来たとおもう。かつかつと舗道が音を立てるあの都会の夜を、ちょっとした気分だったという風におもう。

そして踵を土がくわえこむように引っぱると、心の深いどこかで、しづかに絶望的になる。ここからのがれることはできないんだと。彼女らの母や、祖母たちが頭をふり立てて耕しながらそう思っていたように。しかしまだ、娘たちは、はっきりそう思う訳ではなく、母ちゃん達も、むかしこうして紡績から、つまり都会から帰ったのだと思ってにっこり微笑う。弟妹たちへの土産が入っている旅行カバンにさわってみながら。うっすらと夜明けの村が見えてくる。彼女らの育った村がみえる。鶏が鳴く。彼女は靴音を高くして村に這入る。ちょっと気取って幾分挑戦的にさえみえる姿勢をして。彼女は村の朝の空気を吸う。村は動かない。まるで遠い昔からそうしていて、この先いつまでそうしているのかわからぬように、ちっとも変らない。村の中で息をしている人間たち、無関心そうでいて、いつも節穴からじいっとのぞいているような人々のまなざしも、彼女には変わりなく感じることが出来る。彼女はしゃんと背中を立て、土の乾いたところをかつかつと音を立てて、歩いて行く……。

わたしは、海の底にどろんと横たわっているような町の中に降り立つ。

駅を下りると工場があり、工場はまだ明けきらぬ町の上に煙を流し、風は海から波うつように町の上に吹いている。

八月といえども朝の風は冷たくて、汽車から降りるとゾッとする。わたしは、肌になじまない寒さに鳥肌立って、突然、忘れかけていた十一日の朝のことを想い出しかけ、慌てて、それどころか、心の一番奥深く、どこかあの、四次元の世界へでもしまうことができたら、などとおもううち、とうとう想い出してしまうのだ。

〈四〇〇字詰原稿用紙六枚と三行の未発表原稿である。冒頭の記述によれば、執筆は一九六二年であろう。冒頭部分を書いただけで、放棄されたものと考えられる。原稿には抹消、書きこみに不明瞭な箇所がひとつあり、そこは適当に判断して処理した。『道標』五三号掲載〉

『苦海浄土』下書き

部落にとって、白い上衣を着て白いマスクをかけた熊大の先生方が、家々の味噌を調べたり水ガメを調べたり寒漬大根を調べたり、つまり家々の食べものを調べあげたりしたことや、市役所が井戸を消毒したりしたことは、部落にコレラが出た以来のことのような息づまりな出来事であった。台所をみせるということは家々にとって臓腑をみせたこととおなじことだった。屈辱を越えた冷たい親和が村の底に流れ、家々の息づかいを互いにききあうような静けさで村々はうちひしがれていた。

それから新聞記者たちが部落の坂道を縫い歩いた。それらひっくるめてよそから村へ入って来る人々の目的はどうあれ、村にとって好もしい客たちとは云えなかった。

人々は家々ののぞき窓や曲りくねった枦（はぜ）の木の瘤の上や、みかんの木や椿の木の間から闖入者（ちんにゅうしゃ）達を無言のまま看視し、その人物達に村の全神経を集中して、暗黙の評価をあたえつづけていた。

つまり村人たちは適度に取捨選択してこれらの人々に対していた。よそもの達の急激な出入りとは反比例して村は孤立を深めていた。

「主食は何を食べているのですか。はあ、カライモと麦。フーム、オカズは、魚。主食がわりに魚ですか。半農半漁。耕作反別はいくらです。田んぼはなく、段々畠が三反もありますか。いや一反そこそこですか」。

そして新聞雑誌には〝貧しい水俣の漁民〟という風に報道されるのだった。それは傷ついた村の心身にとどめをさす表現だった。

形ばかり区切られている地先権があるとはいえ、海は共有の海であり人々にとって万有の海でもありえたのである。人々は各自の便宜によってこっそり他人の地先権にしのびこむことは出来うるのであり、むしろそれは漁師たちにとって牧歌的冒険のたのしみでさえあった。

今村にとって家々の台所は軒並み恥部に逆転していた。台所はいつでも村や家々の祝祭のために晴れやかに解放されえていた。人々は何かと云えばまな板を持ちより包丁を持ちより、鍋釜、漬物、味噌しょうゆをもちより、あるだけの魚、あるだけの野菜をもちより、共同炊事をするのだった。家々にしつらえられてあるイリコ用の大釜と大かまどは共同炊爨(すいさん)にはまことにあつらえむきだった。ここの村だとて日本の漁村のよき伝統である。男達は料理好きで焼酎好きだった。祭りは村々の例祭である金毘羅様やえびす様や天神様や頼母子講や二十三夜祭や先祖の祭りや農耕の神も山の神も海神も村と同居していた。婚礼や葬礼にいたるまで、あるいは任意に大漁と思えばいつでも即座に酒宴が張られ、雨が降れば雨よこいの宴が、通りかかる村人は区別なく酒宴の家に縁側から招びこまれるのである。出された湯呑茶碗の焼酎に口をつけずに辞せばその家の礼にそむくものとみなされた。村はみづからの台所をひっくり返して振舞うことが好きだった。つまりそれは村のプライドでもあったのである。つまりそれは共同体がまだそなえている愛でもあったのである。

月の浦、出月、湯道、茂道の水俣病部落は医学的調査研究や報道機関や社会科学的考察のスポットをあびながら、それら機関の調査や考察の目のとどかない深みに村の心は沈みこみ、のたうち、呻吟していた。

社会科学を公式的にあてはめればたしかに、庭先の古びた桶や水ガメやをみれば、われわれの村は貧しいのだった。赤土の壁や庭先ほとんど門がまえや塀のない素立ちの家々のたたずまいを

村を経めぐるちいさな赤土の道からどの家もその生活のひとしなみさ大らかさはたがいにみてとることができるのである。ここに等しなみさというが、たとえ個々の家々の特殊的な格差、たとえば働き手のあるじの病気や死、不慮の災厄とかにあうとしても村全体にそれは見守られており、かかる場合ただちに母子供といえどもそれなりに一人前として待遇されうるのである。

極端な一軒の家の貧しさといえどもそれが村の内側にいるかぎり事情は了承されどこかでおぎなわれていた。たとえば漁のあとの魚の分け前などそのような場合、余分に与えられることはあっても同じ階層の中に暮しを立てているかぎり差別されるということはないのである。人々は互いに振るまったり、馳走になったり、その意味ではかぎりなくこころゆたかに暮していた。

部落の湾から不知火海をみはるかし、幾層かの段丘の上にあるそれらの家々は家々の区切りめに物めかしい塀や門をしつらえぬことでまなかひにひろがる海と空にゆったりまじわりあい、杢太郎(もくたろう)の爺さまのことば通り、海はわしどもの畠、いわば前庭でやす、という風に、いわば〈永遠〉という風なものの中で生きながらえて来た村のながめであった。

それは部落の高台から網本の益人やんや坂上ゆきやがひよわな近代的視力の限界を超えたいわば自然力ともいうべきひとみをこらして、はるか沖の波の面に宿って松葉のように細くピッピッと飛び交うイリコの群れをみ、イリコの群の下にひしひしと押し寄せてくるコノシロや万の大群の気配を感じ、法螺貝さながらにいんいんと、オーイ魚のたおるるぞうーと呼び渡せば、大またに打ちまたがった呼び手の股の間の俯瞰図の中で女も子どもも走り出て口々に、オーイ魚のたおるるぞうーと呼びかわしながら細くくねった坂道をかけくだり、渚にならんだ舟に飛び乗り一せいにくり出す——という、日々の祝祭のごとき労働のために村の家々も、家々の縁続きの小道も、活在しているのである。アパートの密室や赤塗りや青塗り風のマッチ箱かトリ小屋のような小文化的独立家屋を持たずとも、海の上のモヤの中や岬の奥の松風の中や日常の月明の海辺の岩かげや、四、五人もあつまればただちに話題にされる会話の中に、人々の愛も性もあけっ放しで磯の匂いのように、健康で自然そのものの持つ微妙で重層的な周期律にぴったりと副っているのだった。

（台所のつづき）

このような村で死者たちはなんとしあわせであったか。通夜があけると死者の家にぞくする「組」の人々は男も女も仕事を休む。男達は葬儀の支度一切と死者たちを葬むる穴を掘るために。女たちは死者の家族や親族、組の男たちをまかなうための共同炊事をするために。

男たちの働きはしばしば女たちを感嘆せしめたものである。ふだんいさいさか舟の上にある時のほかはぐうたらぎみにみえなくもない男達が、じつにたのしげに熱心なまなざしで白い和紙や金銀の紙を使って代々教え継がれて来た手法によって、きよらかな蓮華の花輪をたちまちにつくりあげ、ひつぎの屋根にかざりつける白いほうおうの鳥をつくりあげる。てきぱきと役所にとどけを出しにゆき遠い親類や坊さまの所に使いにゆき、他の一手は部落の高台にある墓地に穴を掘りにゆき浜の真砂を拾いにゆく。

女達は顔や手足を湯で浄め、めったにみない鏡台の前に座り、婚礼かこのような時にしか着ない晴着めいた白いエプロンをかいがいしくつけて、薪を抱え寄り鱗臭い鍋と包丁とまないたを精進用にピカピカに磨きあげる。

米も味噌も汁の実も酢和えの具も煮〆の野菜も大方死者の家で用意されるがこのような時かならずその組に漬物作りや野菜作り、味噌作り自慢の女房たちがいて、彼女らは惜しげもなく桶の底を総ざらえにしてでも、この死者の祀りの場にそれをヒロウするのである。

女房達はじつにかいがいしく働き、おしゃべりもそして食欲もこのようなとき実に新鮮によみがえる。彼女たちははじめ死者とその家族に敬意を表してひそひそと話しているが、やがて哄笑したり大声で遠慮なくたがいのわるくちをいいあったり、井戸端会議を拡大し総合的に持ち出してみたりしながらどんどん仕事を片づけてゆく。ふだん忙しくて男たちのようには顔をあわせられない彼女たちにしてみればこのようにむだ口をたたいたり、存分に情報を交換したりできるのは

そして男たちの為に膳ごしらえをして、お給仕に座る時、なんと彼女らは精神の衛生のためにほどよいスポーツをしたあとのような清々しい眼つきをしていて、その姿は足首やえりあしや手首に一種のあでやかささえ漂わせているのである。

彼女らはあらたまった作法でうやうやしく死者への悔みの言葉を男達にのべ、それから男達の蓮華の花にうっとりと見とれ、彼らの働きをほめ、ああた達のおかげで今日はよかお葬式の出けますばいといい、そしておみきですけん、いっぱいどうぞ、と酌の手をさしだす。

荒くれ男たちはあらたまった女房達の前で正座しなおしてはにかみ、相ゴウを崩して笑みこぼれ、女達の許しをえてそれから膝を男座りに組なおし、ほんのり程度に目元を染めて、いんえ今日は仏

さまにおごられますですけん、これで、ときっぱり湯呑み茶碗を伏せるのである。

いかなる仏といえども生前善根のひとつやふたつのこさずに死んだという人物は存在しない。そのようなほほえましい供宴のあいまに人々は昨日まで生者であった仏とのよき縁（ゆかり）をそれぞれに持ちあっていて、話題にするのである。

ことに死者が大ぼら吹きの名人であった爺さまであったりした場合など人々は心たのしく爺さまにいっぱい喰わせられた話を持ち出す。爺さまが青年のころ夜這いをしそこなって狸ワナにかかった話などはもっとも人々に善根をほどこす。村をあげての葬儀の準備の中で死者は生きていた時よりもあらたな敬慕と親密さをもって村の中に生き返るのである。

家族たちの悲愁がひとまずおさまると、死者と生者との対話はまず墓掘りにおもむいた男たちからよみ返るのであった。

墓は方○尺、横○尺、深さ○尺に掘り進められる。穴は思いもかけぬところに岩を抱いていたりする。男たちははてしもないのんきさで死んだ爺さまに話しかける。

「どーんよ、どんよ」

たとえば蔵作どんというべきを男たちは固有の名刺をはぶき去り、どーんとよびかけるのだ。そうよぶことが墓穴掘りの口にはふさわしいのである。

「どんよ、あんたの穴ば替りに掘りに来たばってん、うっつまったばい」

「うっつまったかい。どんのまた雀の巣ばかけとらっとじゃなかけ」と上にいて土砂をかきあげるひとりがいう。爺さまが若い頃いまは村いちばんのやかましやの姑女になって鳴りひびいている婆さまにも少女のころからきだいの寝ぼうすけ癖がひとつあり、その昔のある少女の昼寝に雀の巣を仕かけておいたらきだいの寝ぼうすけの少女は雀が卵を生むまで気づかず起きあがり、卵を割ってビックリ仰天した、という死者生前のホラ話の再話を男達はこころみているのだ。

墓穴の中はあたたかく、静ひつで、男たちは、どんよ、ほら、あんたの寝所のでけたばい。といいながらきせるの雁首にきざみ煙草をつめるのだ。女たちがタクアンと握りめしを一升じょうけに入れてにぎやかにのぼってくる。

出棺前の僧侶の読経はことに女房たちの心をとらえる。「なああんた、輪光院の坊さまの上げらすお経きけば、なして涙の出てくるかねえ。ホンによかァ声じゃもね」「ほんに今日は輪光院さまの坊さんぶりあげてうつくしか。キンランのケサかけて神々しさ」

真言仏教の教義やその今日的意義についてなど彼女らは関知する必要はない。天来の妙音のように坊さまの読経をきき彼女らは葬儀にそえられているこの〝音楽〟にひきこまれて、潜在する無意識を一種の法悦にかえてしまう。

読経は惣重な美声であげられるに越したことはなく、キンランのケサが「よか葬式」のための道具立てであってもわるかろう筈はないのだ。

「掘りあげられた穴の中に棺を下ろして、泥をパラパラかけて、輪光院の坊さまの白骨の御文章ばあげらすときがうちはいちばんかなしか。」

「ほんと、あんときはみんな泣くねえ。他人でもかなしか。」

「うちもあの、ソレニンゲンノヒソウなるサマをツラツラカンズルニ、という読み出しと、アナカシコアナカシコちゅうのは知っとるばい。まだ埋ってしまわん棺ばかこうで、みんなで線香わけて持つど。ちょうどその頃足もとも日の暮れはじめて誰の手からも煙りがゆらゆらのぼって、うちはあんときが一番かなしかばい」

このような村で死者たちはなんとしあわせであったことか。村の姿は常に貧しかったが、その魂の発露においてはかぎりなくゆたかだった。

人々はうちひしがれていた。猫たちの死にひきつづいて、えたいも知れず狂い死した死者たちをたてつづけに出して、もはや村はかつてのようにおおどかな葬礼を一村あげてたのしんでいるゆとりなどなくなってしまった。

〃水俣病〃は人々の個々の身体の中だけでなく何かもっと、村の基底を形造っていたものにも毒を流しつづけていたのである。村は声もなく何かを訴えていたがそれは言葉にならなかった。

よそもの達にあいそ笑いをするにしろ、鼻であしらうにしろ、それは人々の沈んでいる心からのぼるあぶくのようなものとよそものたちは対話しているのだった。

看視船のいる昼間の海を眺めている人々の心は孤独にとざされていた。ようよう〝世間〟の中にひきだされた村はすっかりすくみあがっていたのである。

〈一九六六年頃の執筆と推定される。もとは無題。このたび仮題をつけた。『道標』六六号掲載〉

海と空のあいだに　第九回

ひと晩中、ねっとりとまつわりつくように漂っていた潮の気配がさらさらとひいて、榛名(はるな)勝己は、水俣の夜明けとともに、めざめつつあった。

くしゃみがでる。

思わず、形ばかりに胸の上にのせられているこの家のあるじの浴衣をかきいだく。

「あんちゃん——。榛名さん、風邪ひきゃあせんかな」

「うんね——、い、い」

むにゃむにゃ声で、それでもおぼえはじめた土地言葉で返事する。

「起こすな起こすな、まあだ、ちいっと早かぞ。」

あるじは女房をたしなめる。それから自分は、ワォーッオゥというようなとてつもなく長い大きなあくびをする。

「今朝はひさしぶりに涼しかのう。ワォーォッ……。さあてと——沖は凪のごたるねえ。行かるるばい、榛名さん」

「はいっ……」

「まあ、めしの炊きあがるまで寝なはりまっせ。若かときはねむかけん。よンべはようねむれたろかい」

「はい。ようねむりました——」

よく睡った。さっき夜あけが近いと思ってめざめていたのだが、またねむりこんだのだ。

なにかしきりに、遠い昔にきいたことのあるような無心な音が、パサリパサリときこえていた……。浅い水の底から頭をもたげるようにものうく目がさめる。

あけはたげた家の中の月明りの中に、網打たれた魚のようにひっくり返ってねむっている自分をぼんやりおもいだす。いや、自分がとらえられていると感じているのは網ではなく蚊帳である。蚊帳を透して天井板のない梁や柱がみえる。きゅっと嗅覚が醒めてくる。こういうめざめの時は、いつも鼻先ちかく磯の匂いがするのだ。ここにきてから——。彼、榛名勝己は湯堂部落に泊りこむようになって、そんな風に目をさます。しかしまだ夜あけではなくそれは沖に傾いた月のあかりである。

ゆうべ寝しなにいつものように杉原彦次のおくさんが、

「さあさ、あんちゃん、あしたは早かばい。早う寝なっせ。うちたちは、まちいっと網のつくろいのあるけん――」

といいながら蚊帳を吊ってくれたのである。

「今夜は会社の匂いがちいっとうすいな」

と彼はおもう。ここらあたりの近郷近在では新日本窒素水俣肥料工場のことを、「会社」と称んでいる。「会社ゆき」といえば新日本窒素水俣工場の工員のことを云うのだ。

「――県南の雄都水俣市――」

工場誘致を流産してばかりいる農業県熊本の南端に位置して、たったひとつの企業に人口五万足らずの市の存立をかけざるをえない地域の人びとが、自分の町をつつましやかな誇りでそう思っているにしても、はじめてやってきた榛名青年にしてみれば水俣はちいさな臭い町だった。

それは鹿児島本線を下って来て水俣駅に汽車がつくときもっとも強烈に匂う。

新日本窒素水俣肥料工場は水俣駅の真ン前に、どかんと座っている。まるでそこから水俣市がはじまりでもするように、駅前広場の前方に正面玄関の門衛をおいているのだった。工場の上空からもうもうたる煙が崩れおち、つうんと鼻をさす特有の化学性の匂いがする。のちに度々彼はこの〝聖地〟にとりつかれて〝帰郷〟するようになって、不思議と奇妙に工場の甘酸っぱくのどにからむ匂いをなつかしむようにさえなるのである。

　しかし今夜はなぜか、いつも海面いちめんにふかくまじわりあい、むせるような香りを放っていた。ひとびとのねむりはふかく、星がちかぢかと降りてくるこういう夏の未明には空の玲瓏さがもどってくるのである。

　するとふいに身近かに、パサリ、パサリと音がするのだ。それは大きな渋紙のうちわの音であった。

　海と反対側の、つまりこの家の客人である榛名青年の寝ている座敷とは反対側の、納戸の方にねむっている杉原家族たちの方からそのうちわの音はきこえてくるのである。

　夫妻は形影相伴うというにふさわしくいささか肥厚性鼻炎がかったいびきをたがいにたててねむっていた。そんな軽いいびきのあいまに、この家の女あるじ杉原みきは、ぱさり、ぱさり、とうちわを使っているのである。彼女は自分と、上の娘と、夫のために、ねむりのあいまに蚊を追っているのだった。腕枕をして、娘を間に入れて川の字に横むきになって両足をちょっとちぢめて彼女はねむっているようにみえる。

　青年はこのとき急に蚊帳に入ってねむっているのは自分ひとりであることに気がつく。彼は上半身を起す。蚊帳なしでねむっている家族たちの姿をみつめる。

　一張きりの蚊帳を、どこから来たとも知れぬ若者に提供してこの幾夜かをねむって来た家族たちに、こんどは彼が、その蚊帳をはずし、自分がしてもらったようにこの家族たちのねむりをさまたげぬようにして吊って返してもよいのであった。朝になって夫妻がめをさます。


——まあ！　あんちゃん！

うちがせっかく吊ってあげたて。なんが気に入らずに外しなったか。

——ばかのごたる。あんたは遠か所から来なったお客さんじゃもね。なんのごちそうもしてあげらんて。汚のうはしとらん蚊帳じゃもね。

——無かもんで、ごちそうもできんて。あるもんを吊ってあげよるて。

——蚊帳は我が家にあるもんでござすて。あんたが馴れん土地の蚊に食われて病気にでもなりゃ、あんたげの親御さまに、泊めてあぐるわしどんが顔むけでけん事になるばい。

——そうじゃ、うち達はこの海ばたに育ったもんでござすで、ここらあたりのヤセ蚊にゃ、つきあいの深うござす。心配いりまっせん。

——蚊帳が無かなりゃ吊ってはあげんが、よそから貸って来たもんじゃなし、我が家にある品物じゃ。遠慮は悪ばい。体に毒ばい。

断乎として夫妻はそういう風に云い放ち、叱りとばすにちがいない。この家にたしかに蚊帳はひと張りあるのであり、――わし共が食いよる魚を一緒に食い、我が家で飲みよる飲み物を飲み、着ておるふとんとおんなじものをゆづり合うて着てよかなれば、我が家とおもうてあんたの気のすむまで泊ってもよかばい――

そういう夫妻のこころに従えば彼ひとりの体を囲ってくれている小さな蚊帳を、むげにひきはづすことは慎しまねばならないのかもしれぬ。

このような夫妻のこころはこの村の心とひとしいことを彼はもう感知しえていた。たとえば杢太郎少年の家では御先祖さまにあげてある干菓子やしなびかけたリンゴや、つまり「お客さんのときに神棚から下げ申してやる」と孫たちに云いきかせてあるとっておきの供物が、孫たちにとともにこの青年にも分けあたえられたりするのである。村の細い石垣道を歩けば、海にむけてひらいている家々の縁で随時に張られている小宴、雨憩(よけ)や、風憩(よけ)に、その他何かにつけてだれやみの席に通りかかる。彼は呼びこまれて湯呑み茶碗の焼酎をつきつけられる。

「おるげの前を通って、素通りする法があるか。いっぱいあいさつに呑んでゆけ。遠慮は悪ぞ。体に毒ぞ。俺どんが飲みよるもんば飲みきらんならば村の者にゃせんぞ」

男たちはそんな風に云って彼が焼酎にむせるのをみて目を細める。

またそのような縁先に女たちがいるときには、彼の嗜好とは無関係であるが、まるでシロップかなにかのようにドップリとキザラや白砂糖を入れた番茶の馳走にあづかるのである。砂糖は家々にとってホクソに使うほどありあまっている訳でもない。子供達が砂糖を盗みこぼしたりすると女達は大声をあげて追いかけまわすのである。

村は自分でも気づかずに、どこから来たともしれぬひょろりとした小青年をいつの間にかそのふところに入れていた。

――遠慮は悪ぞ、体に毒ぞ――

という叱りつけるような家々の言葉は、漂よい来たった流木でさえも、ほとほとと夢見心地のままに根づくことのできるような海辺の村が、はじめて外来の人間を迎え入れるときに発する、含羞をこめたよびかけの言葉であった。

そのような村のこころを軽んずることはこざかしい外来の異端者と云わねばならない。蚊帳は外してはならぬのである。

水俣病を多発させている村のそのようなふところに抱かれて彼はねむっていたことに気がつく。彼は急に自分が赤子のように他愛なく切ないものにかえってきつつある心地がする。

ぱさり、とまた渋紙のうちわの音がする。しかし杉原みきはいびきをかいているのでやっぱりねむっているのだ。彼女が娘と夫を抱くような形で寝ている納戸の方は、月明かりの前庭の方より暗かったが、杉原彦次が夢の中でとつぜん「なんや？　なんや……」といいながら太もものあたりをぼりぼりかいているのはよくみえるのであった。

水俣市立病院に入院している杉原夫妻の二番目の娘千鶴。

むざんにもうつくしく生れついたこの少女のことをかつてジャーナリズムは〝ミルクのみ人形〟と名づけた。純朴な漁師風情の夫妻の暮しの歴史の中ではこれまでゆかりもな〔以下消失〕

〈石牟礼は一九六六年一一月に創刊された『熊本風土記』に、「海と空のあいだに」と題する『苦海浄土』の初稿の連載を開始したが、同誌が六七年一一月をもって刊行を停止したので、連載は全八回で中絶した。石牟礼はすでに第九回まで執筆しており、ここに掲載するのがその原稿である。ただし現存するのは四〇〇字詰原稿用紙一〇枚のみで、一一枚目以降は失われている。石牟礼は一回、二十数枚から三十数枚の原稿を送付するのが常であった。この第九回は単行本『苦海浄土』には収められなかった。その事情はすでに本人もさだかに記憶していないが、内容が被害村落に泊まりこんだよそものの学生を主人公としているので、他の諸章とやや異質と感じられたためかもしれない。しかし、庶民たちの人情の厚さ、つつましく義理がたい生活感覚を描くのは石牟礼作品の一貫した重要な主題であり、その特色はこの未発表原稿にも横溢している。『道標』三九号掲載〉

小沢荘太

無名の若いカメラマン、小沢荘太は心が不思議にときめく想いで汽車を降りた。それは視界のとどくかぎり酔うように燃えたっている若葉のせいだった。彼は歩き出す。荷物はカメラと大きなナップザック。オンボロのヤッケをすらりとした体に着ていた。

五月の樹々の芳香の奥から、海が匂ってくる。彼はその匂をかいだだけで胸の奥がぴしりとたわんだ。彼は突然、これらの樹々の枝という枝からその全身をひしととらえられ、やさしくゆさぶられ、すきとおった香りの高い樹々の精気をふきこまれるのを感じる。荘太はくらくらと目まいのようなものを感じたが、すぐに何か自分がこれまでになく、しなやかな力がみちてくる生き物になってゆくのを感じる。腕をびゅんと振る。果汁を割るように南国の濃い空気が割れる。腹の底からそれを吸う。

「ふむ、とうとうやって来た。不知火筑紫の国々の、海の村へ」

万葉集の中にあった不知火という詞を彼は漠然と好きだった。不知火のもえるという海というのは気に入っていた。そこは少なくとも最果てに近い気がしていた。そのあたりは昔の人々がかいをあやつって遠い洋（うみ）に出かけたり、古代中国や天竺から流れついたりした根キョ地のような気がしていた。

戦災孤児の荘太は苦学してK大を卒業したが、卒業してしまうとふいに東京がイヤになった。彼は自分がどこで生まれたのか知らない。物心ついたとき少年院の中にいたから。両親さえも知らなかったから、まして故郷などはどこでもいゝと思っていたが、どこかに故郷があってもいゝような気もしていた。

そこで、南の方、自分が感ぜられる範囲で古代の人々の生活の遺跡が豊富にある九州の方を、故郷にすることにきめて、一直線に南へ南へとひとりで「民族移動の旅」をはじめたのである。

国道改修工事の土方の飯場が日本地図を南下していたのでそれを伝って働けば、苦学して大学を出たのを思えば気楽な一人旅の食費と旅費は鼻唄まじりにできたのである。

わかい目も、耳も、そして嗅覚も、彼の勝手にきめた故郷へ故郷へとむかって、そよぐように泳いでいた。

荘太は線路づたいに歩き出す。海の匂いを嗅ぎあてるように鼻先を鋭敏にして。彼の鼻はそういえば鹿のようにさわやかに、ちょっと上をむいていた。

紋白蝶が二つ彼の肩や足下にまつわるようにしながら先をとんでいる。「お揃いでカンゲイだな」。紋白蝶に話しかけると人なつこく笑う。松ぜみが木の間がくれにじじっと鳴いたりする。南の国ではもうすぐそこに夏がやってこようとしていた。

笑うと彼のいかにも人なつこく美しい片目はいよいよやさしくなる。彼は自分の片目の由来さえ知らないのだ。彼のまだ若かった父親はたゝかいにとられて戦死し（と想像するのだ）、そしてもっと若かった彼の母はきっと空襲でよちよち歩きの彼をしっかりと抱いたまゝ死んだのだろう。そのとき幼い彼の目もつぶされたにちがいない。

急降下してくる飛行機や爆弾の音やの記憶にまじって、抱きよせられていた母親のあたゝかい体の匂や土の匂を彼はもどかしく想い出すことがあった。

彼は道ばたで仕事をしている道路工事の若い女の人のそばにいると、なぜか胸がきゅうんとしめつけられるのだった。自分と大して年もちがわない女の人なのに、おかあさんと想ってしまうのだった。その人たちの体からふっくらと香ってくる土の匂いのせいだと彼はおもう。

広島の飯場で彼を叱りつけてばかりいた太った飯炊きの小母さんをなつかしく想い出す。どこの飯場でもいちばん朝寝坊の彼だったが、ふとんにしがみついている彼をひきはぎ、お尻をどやしつけてくれた小母さん。彼はねむったふりをしてフムフムと云う。

なんやあ！　大けななりをして、この子は、よだれなんかたらしよって、とその小母さんはいった。寝小便はやってねえか、と熊のような顔をした炭坑上りのモイどんが云った。土方たちのはじけるような明るい笑いと野次。

年とった女の人から親しいあらい言葉で叱られると彼は胸があたゝかくなる。オレの「おふくろも、年とったらこんな風にかまってくれたのかな」とおもうのだった。

少年院を転々として、まだ充分自分ひとり養えなかった頃の彼はある雪の降る夕方のガード下で、ひもじさとさむさと孤独に自分のからだを抱きしめていたが、目の前でうつらうつらとねむっている乞食の女のひとをみているうちに、突然このひとがおかあさんなら、とおもい、彼女のそのふところに入れてもらってねむりたい、とおもったのをおぼえている。彼女は何枚もの厚いボロにくるまって、手首を自分のふところに入れてねむっていたのだった。うすい胸を抱くようにしている彼女のやせた手首をみていると、少年はなつかしさでからだがいつまでもふるえていたのをおぼえている。

しかし若アユのような青年小沢荘太はいま、南国のはじけるような陽光の下をばねのきいた長い脚で歩いていた。海の匂いはいよいよきつくなり急に視界がひらけた。

夢のような海があった。なんとなごやかでやさしげな不知火海だろう。波は、海の中にそよぐ青葉のようにちいさなひとひらひとひらにあまねく陽を照り返し、きらきらと光りたわむれていた。太陽と海と樹々とがかわしている交響楽に荘太は打たれていた。羽根があれば、とびまわっている光たちと一緒に彼も大きな弧をえがきながらかけめぐりたいくらいだった。向こう岸にかすんでいる天草の島々や帆かけ舟の上を。

彼はしかし線路をえいっとひととびに飛びこして、すくすくと坂道を下りはじめた。根元からうれかけている黄色い麦畑があった。麦畑のうねに、ビーズ玉をつないだように綴れてあかく成り下がった野いちごがうれてひかっていた。おもわずかゞみとって荘太はぱくりと口に入れた。それはおもいがけず酸っぱくて、じゃりっと種の音がした。彼は一瞬妙な顔をした自分がおかしかったが、じつにたのしい気分だった。

子ども達の声がきこえてくる。そして水の音が。彼の鼻さきに蠅が来てとまる。ぷうんと生臭きつい磯の匂いがする。それは道ばたに干した網やおびただしい貝のからや木の桶や、赤い天草(てんぐさ)から匂ってくるのだった。

男の子たちはほとんど裸だったが、中にほんのしるしにふんどしまがいのものをつけている子もいた。岩のかげで、水をかけあって遊んでいた。

近寄ってみると、海にむかって石垣をつき出した一本道の下に泉が湧いている。子供たちはそれを呑んだりその泉から溝をひいて蟹を入れたりしてあそんでいるのだった。この水呑んでいいの、と荘太は云った。子供達は石垣の上からのぞいている見知らぬ青年をみあげて一寸びっくりしていたが、すぐひとりの子が石垣にさしてある竹びしゃくをとって水を汲み、のびをしながら彼にさし出した。

風呂ガマのような大きな木の桶に貝のむき身がいっぱいつまってならべてあった。

「これ、何の貝の身だい」

と荘太は云った。

子供たちはびっくりして、ちょっとものものしい荘太のリュックとヤッケ姿を見上げたが、一斉に腰を曲げて石垣を這い登って来て、フフフと笑い彼を観察しはじめた。

「知られんとかい、真珠貝じゃがなあ」

とひとりが仲間に云った。

「ほう、真珠貝の身！」

「そげんとも知らんとかい。真珠貝の身も」

「うん、知らなかったよ。これ食べるの」

「食うもんか。くさっとるもん。こやしにするとたい」

「なぜくさらすの」

「ねえちゃんたちが貝をむきにゆくけん、いっぱいたまるもん」

「貝をむきに？」

「うん、真珠貝をむきに」

「あゝ、真珠貝の珠をとるんだね」

「うんにゃ、珠を入れるというとったぞ」

岩についている貝がらのように、磯にそって軒のひくい家々がならんでいた。潮風にたわんで杉や磯榊やたびの木が波うちぎわに突き出ていた。

「真珠貝はどこにあるんだい」

「いかだにひっついとるよ」

「いかだに？」

「うん、あっちの岬（はな）の先に」

「あんちゃんは何も知らんのじゃなあ」

子供たちは荘太をみつめてからかうようにわらった。

「そうだ、オレ、昨日生まれたばかりなもんで、何も知らんのだよ」

「ワあ、昨日生まれたんじゃと」

「ウソだあ、ヒロゲのあんちゃんと同じくらいだあ」

子ども達は、連れてゆく、というように、そこらのおもちゃのような小さな舟にとびのり、石垣の道にそって上手に竿をさしたり、漕いだりした。

「おい、一寸待ってくれよ。オレも泳いでゆくから」

荘太はそういうと、リュックをおろし、ぐっしょり汗にぬれたヤッケをぬいでキョロキョロすると、子どもたちは道ばたの小さな祠をさすと、

「そこの神さんにあづけとくがいゝよ」

といった。彼はその通りにし、じゃぶじゃぶと海に入った。彼のこんなやり方は、子ども達のさっきからの観察に合格(パス)したらしかった。

彼らは歓声をあげておもちゃのような一そうの舟をお神輿のようにかつぎあげ海に放すと、大さわぎで岸辺をはなれ、ヒロという子がそれにとびのった。ほかの子たちがそれを押したりひっぱったりして石垣づたいに竿をさすのだった。

そのあとをゆっくりと荘太は泳いでゆく。大きな岩の寄っている岬(はな)を曲がると、すぐ眼の前に、太い竹を組み合せたいかだを下駄のようにはいて、海の上に浮いている屋根家があった。

「こゝで真珠貝を養っているんだよ」

とヒロが云った。

インデアンのようなかけ声をあげて、小さな舟はそのいかだに衝突した。舟はひっくり返り、小さな戦士たちはよろこびの声をあげて、そこらをもぐったり、バタ足で波を蹴上げたりする。

「ヒロ！　また来たね！　来たらいかんちゅうたじゃろ！」

ふいに張りのある声がひゞいて、屋根の下から少女の顔がのぞいた。

浅黒い顔に張りつめた大きな目が、ハッとするほどゆらゆらと光る海にはえて、子供たちをにらみつけた。

ヒロはウヒヒというような笑い声をあげて荘太にしがみつき、ぼこりと彼の腹の下をもぐって逃げ出した。あっ加代ねえじゃ、と子供たちはいゝ、荘太はびっくりしてガブリと海水をのんだが、それは何とも油くさい海水だった。そして、急にテレ臭くなってこれまた子供たちの後をおって岸をさして泳ぎ出したのである。

加代ねえは小さな黒い河童のような子供たちにまじって逃げてゆく見知らぬ若者をあっけにとられてみていたが、彼が海水をのんだらしい時の顔をおもい出すと急におかしくなって笑い出してしまった。

「何や、加代ちゃん、〔以下消失〕

〈一九六九年の執筆。もとは無題。このたび仮題をつけた。『道標』六二号掲載〉

石飛山恋歌（いしとびやまこいうた）

一、ひでり続きにひがん花咲いたヨイヨイ
　死ないたばばさんの白髪より
　　ふかいおもいで
　　　アラナ、コラナ、アラ、パアッと咲いた

二、おまや地べたに寝る夜が続くヨイヨイ
　しのぶ昔の恋語り
　　むしろの小屋が
　　　アラナ、コラナ、アラ照る月夜

三、ガネん穴からちらちら見んなヨイヨイ
　おるが蹴出しの色よりも
　　田んぼの赤い端
　　　アラナ、コラナ、アラ色濃い

四、藁できびったが匂うこの髪ヨイヨイ
　水を鏡にほゝえめば
　　トビが舞うよ
　　　アラナ、コラナ、アラヨーイトナ

五、松のぼくとをわんわん燃やておどれヨイヨイ
　石飛のだんだん腹にやかんねかづら
　　花が灯る
　　　アラナ、コラナ、アラヨーイトナ

〈一九五〇年代末頃のものと思われる。『道標』六四号掲載〉

石飛山恋歌
いしとびやまこいうた
曲 水俣地方土つき歌より
詩 水俣文化集団
石牟礼道子作詞
♩=56 そぼくにのびのびと
1 ひでりつづきーに ひがんばな さいーた ヨイヨイ しな
2 おまやじべたーに ねるーよが つづ---く ヨイヨイ しの
3 がねんあなかーら ちらーちら みん---な ヨイヨイ ある
いたーばば さーんのー しらがよーり
ぶ-- むかしーの-- こいがたーり むしろの
が-- けだしーーのー いろよりーも たんぼの
アラナ コラ ナ アラ パッと さいーたー
こや---が てるつきーよー
あかいは---た いろごゆーいー

III

今は昔

今は昔、たたなわる山ひだのあいの古り傾きし小屋に、女ひとりきて棲みにけり。雲間の月いとおかしく凍みわたる夜々、ひとすじの煙うちなびくすすきが原のうえに立ちてあやしければ、五色の朝日さしのぼりて山和ぐ頃里のうばら人心地つきて、のぼりきていう。

こはいかなるやかたならん、いまはみやこへみやこへと山もひともうちすててくだりたまう世に、なにとてかくはさびしき石積みのいただきにきてかくれすみたまう。夜な夜なガゴはあらわれいでざるや。

女こたえて、笑みていう。われはただうちなる心のこひしくて、雪ふらす女とならんとこの山にきしが、世にあらわれて暮ししことなければ、かくれ住むというほどのこともなく、ガゴあらわるるときはうつしみの影のごとくなればいとやすく、おのづから喰われてぞやらむに。

里のうばらいう。何の精(しょう)うけし女ならん。ガゴの方にてあやしみ逃ぐるならんと。ガゴとは現代文明の光りのもとにてはあらわるるなきこの地の物の怪のことにて、童ら夜更け語りにいう物の怪のことなり。

女、割れ鏡などに木の葉髪かきあげつつ、ようおもう、かかる色あせし世にわれは何の精うけて霧のあいだに生まるるとするならん。ふく風のさみしさにたもとをかきいだき小屋いでぬれば、豚やしないしあとならんセメントの床うつろに、雨風にうつくしく洗い出されひらひらとめくれる竹の皮の笠おかれいる。猪も食わず通りゆきしがあわれなり。

ひとたびはうち拓きて捨てたる山の石の畑には屋根なき樹の幹の柱しろしろとふし立ちのこりいて、そのもとに小(お)指にてふるればぽろぽろとくずるる籾(もみ)とおしなど、かずらにて網みし農具などたてかけ、板折れ脱けし鍬も大草鎌もさびつき、ことに女童のあそびしこけし人形など目鼻もいまだかすかにあいらしく、畑あわれに区切りたるしるしの石積みの段のかげ、冬草のあいだにひろうひともなきが、いまはむかし開拓のひとびとの夢、昼の間さえかわりてみむとまどろめど、末世の風さやさやとふきわたるばかりなり。

すぎゆきてのぼれば枝ぶりのくがなる松の枝の中ほどにからからとゆれいるつるべ井戸の綱あり、天にかかれるごとし。

人なければもふかくうがたれたる井戸わが影をみんとさしのぞけども、昼の星さえもとどきかねて、久遠の底というべかりなり。ようように綱とりすがり、いらえなき重みをたぐりておどろなる足元につるべをくみあげ口にふくめば、ひた地の水の味わいにて、この山をさまよいゆきて、谿にそいくだりて掘りくぼめし溝に、むつきの破れ布くるくるとおかれいしが、みやこはいかなるみやこなるや、水のおもてをしずめて息ひきうつせば、るいるいと女たちの顔あらわれてうつれり。

ものかきの筆とこころのはなれがたくて、ひとの心はわがかなしみとなりて、くろき炎口より吐きこぼすようになりぬれば、わが魂は化生(けしょう)のものならん。迷いぬればその心はてしなくこひしくて、里には人工のテレビなる音楽さまざまありて、いにしえ天上に妙なる音楽ききてゆきにしひとびとの魂かえらず、ほろびゆく民のそのすえなれば、もはやむらさきの雲もみぬなり。声なき声あつまりて吹く風に打ちまじり啼く所となむ、この山の声にさそわれてのぼりきしとおもうまにまた雲間の月いでにけり。

里の灯ひとつひとつ消えぬる、夜更りとなりてきこゆるは向う山の狗(いぬ)の声ならむ。この女下界にありしときは肉食をなして夜な夜な魂抜けてこなたの山、かなたの山のあいをほうほうと飛びわたるとぞ。いまだむらさきの雲もみず。

〈一九六九年頃の執筆。もとは無題。このたび仮題をつけた。『アルテリ』六号掲載〉

死民の村から

恥も外聞も、現世のことはぜんぶ、生きさらして攪乱して終わりました。一世ではなく、三世も四世も生死を終ったというべきです。あきあきしたともしんどいとも、ながいながいあくびの涙の果てに、なおかつ生身（いきしん）の生れ替りは現世にあることの不思議さよ。

この上生きていればなにをやらかすか、わかったものでなく、たぶん新しい創世記が、いまつくられつつあるのでしょう。創世記というからには、ここは予言の地であり、絶対受苦の地であり、先取りされた遺跡の地であり、ここにあることはすべて、現代における告知図でなければなりません。ミナマタとはまさに生きた告知図でなくてなんでしょう。

この地を想うほどに頭がクラクラとしてしばしば気が遠くなるのは、ここにヒトの姿をした神々と、これに匹敵する悪魔たちが跳梁跋扈していて、これに私たちが感応するからでありましょう。つまり私たちはたしかに歴史のなり替りであり、歴史とは、早まわりもおそまわりもきかないのであり、現代のリアリズムの成立と解体点に身をおいているのであります。

良民あり愚民や狂民あり、僧侶あり商人や詐欺師や詩人あり教師あり、役人たちあり市長あり、ヨーロッパや東洋にくり返された「ことわざ」の再生がここにはあふれています。ただ世直しの導師や英雄がいないし、四民みな平等受難の兆あることが、現代性を暗示しています。

集団攪乱を〔以下空白〕

〈一九七二年の執筆。『道標』六四号掲載〉

市民会議へ

忘れてならぬことは忘れてならぬのだ。これほどの集中差別、これほど集中されている残忍、これほど集中されている憎悪の中で生きのびている患者たちの姿がみえぬとは。

裁判が終わったら一任派と訴訟派が仮に仲良くなったとしよう。(患者たちの仲をさくようなことに、市民会議は一臂（いっぴ）の力をも貸さなかったか。) 仲良くなったとして、患者たちに対するチッソと水俣市民の憎悪がなくなるか、侮蔑がなくなるか、チッソの殺意がなくなるか。現にあらゆる手段をもって右のことは進行しつつあるのに。

決してセンターの構想はそのことを忘れない患者たちの魂のトリデとしてのみ存在するイミがある。たとえその末路がペンペン草やかんねかずらのひきずる夢のあとになり果つるとも、生まれた土地から抹殺されつつあるものたちが、ただで、手形も残さず抹殺されてよいものか。

患者たちをこのようにあらしめたチッソと水俣市に、異物感となって、永久に突き刺さっていること、残る意志を示すこと、それを思い知らせること。裁判で仇うちをするとは云いながら果して仇うちができたのか。

裁判がすんで、その金を弁護団や銀行やら親類縁者たちやらがたかりとろうとし、牛島のぢいちゃんは茂道のもんたちに殺されるなどといい出している雰囲気の中で、体は年々確実に殺されてゆく中で、この人たちの魂はいったいどこにゆくのか。もっとも孤立している魂たちが寄り集まり、安らぐところはないのか。水俣市が作り、その管理者たちを一般に公募しているコロニーで、そのよりどが果して代行されうるのか。

もしそれを欲しているただひとりの患者さんがいるとしたら一念をもって、それはこれまでの共闘者たち、身銭を切り、文字どおり生活をかけ、無償で働いてきたものたちと患者たちの手で、ぜったいにつくりあげねばならない。

わたくしとても諸事忘れることにかけて天下一品だが、そのようなわたくしとても、世の中にぜったい許してならないこと、忘れてならないことというのはあるのである。

〈一九七二年九月二七日夜。『道標』六四号掲載〉

マニラのひとびとへ

お別れいたしましてからもう一ヶ月が過ぎました。

マニラでのあのやさしくやわらかなまなざし、言葉で語られたよりも、より多く深い沈黙の中から贈られたまなざしの色が、日を経るに従って、私の心の底に荘重で無限性を帯びた曲想となって紡がれています。

なつかしいひとびとよ、私にとって、いや私たちにとって、運命的な、なんだかユーモラスな沈黙の出遭いは、ほとんど「出遭いの哲学」とでもいうべき課題を妊んでいました。

出来合いの言葉ではなく、もっとも古典的に眸と眸で話すということは、なんとなんとすばらしい牧歌の時間だったことか。

なんと、人は言葉を持たぬとき、人類史をいっきょにさかのぼって、本源の生に帰らねばならぬことでしょう。そのようなとき、真のまだ書かれてさえいない創世記のコミュニケーションの中に人は立ち帰らざるをえないのです。私の魂はあのとき、なにひとつ人工的な衣裳をまとっていませんでした。

あのときききかせていただいたフィリピン大学のコーラスの声のように、あの花びらよりもやわらかく、生命力に満ちた魂にわたくしは同化していました。そのような魂を持ち続けて日本に帰りました。

わたくしの国の季節、「秋」をあらわす山野の花々がその間に過ぎ去りました。わたくしのもっとも好きな彼岸花（それは生きているときにはゆくことのできない彼方の国の花です）が、秋のまっさおな空に、しんしんと燃えて立ち、それもやがて過ぎました。

そしてなお、わたくしはいまだに、よりよい言葉でこのおもいを表現することができません。あまりにも深く高貴で、雄々しい憂悶に私は出逢ってきたのですから。人と人が相逢うということは、山の中で、あるいは野原で海の上で、天の啓示に逢うことよりも、もっと不思議なことだと、いまだに、まじまじと目をみはり続けています。まして人々はそれぞれ自分のドラマを抱えており、民族の複雑多彩な歴史を背負っているのですから。

かりにわたくしが、あのとき貴国の言葉を喋れたら、いま出遭っているような、深い未知の思惟の中にわけ入ることは出来なかったかもしれません。自他の人生のみえない獄屋（ひとや）の中にとらわれている死者や生者たちの心をこれほど深く相おもうには、むしろ、言葉は不要です。

互いの心ふるえる沈黙、互いの永い不幸、かなしみを帯びた互いの愛、互いの含羞に満ちた慎みをひしひしとこれほどに感じたことはありません。まぎれもなくそのようなものとわたくしは相擁（あいよう）して帰りました。率直に云って、それは非常にドラマティックで、切なくてならぬ体験でした。

夜ごとに、鈴虫の声や月光と共にわたくしは暮らしています。体は人間の中にいて、心は花や虫の声や風の音と暮らすべき時期が私におとずれました。人間の叡智などというものはしばしば自らの不遜によって罰されます。自然の心というものは、無限で寛大です。無限に弱く、傷つきやすいものほど、本来は高貴なものであったと思うゆえに、貴国の人々の高貴な憂悶を読んだ人間の心よりは、花の魂や月光の中に帰る必要がわたくしにはあるのです。

ここにいるとこの世の機構や歴史や引き裂けざるをえぬ数々の愛の姿や、つまりこの世の深い憂悶が、より透明にみえて来ます。そも、自分のいる世界からのメッセージをそろそろ発せねばならないかと、弱った小さな鈴虫のような気持で考えはじめています。それはなんと苦しいことでしょう。まずこの国の私の友人、勇気ある学者たちや作家たちやに対して。情けない私の国の公害企業のデータとリストを早急に貴国や東南アジアに対してお送りする手筈を、私の友人たちはととのえはじめています。

貴国で得ました多くの珠玉の友情を大切に抱いて、これからの私は、自分の作品の湖底に、ゆっくりゆっくり沈めにゆく作業にとりかかることでしょう。永遠の旅の舟が、そこをとおり、湖底をうつす空を仰いだとき、なにかしら一茎の彼岸花のまぼろしを見たようだった、とおもうように。

〈一九七三年の執筆。『道標』六四号掲載〉

にゃあま覚え書

テーマは死、死との道行
死の方から生の世界を見ること
生の世界のエゴイズム

雨乞いのときのくじ取りに当って死んだ娘の生れ替りだと思いこんでいる狂女、従って、思いをとげられなかった恋人とか、貧しい親兄弟のことを、あの世でも気にかけている。

現代のくじ取りに当った娘たちのところにいる。くじ取りのリアリティ、かくれきりしたんのうたのせんりつ、日常の中の笑い、ひとりでいる人間が見つけている笑い、猫や犬や狐たちの動作、彼らがびっくりすること、鬼塚さんのような男の友人と出遭わせる。

「にゃあま」は妖精というか、生きたお守りさまで、おえんしゃまのふところにいる、お守りさん。

どこから来たかと問えば木の股から来たと答える。ものが生れてくるとき（草木など）の不思議。一リッヒ（怒りをあらわす単位）夢の中で、ヘンな外人が出て来て（男）、怒りをあらわす単位を、一リッヒ、というのですと、なんだかさかしらに説教した。

もっとも愛し合っている恋人なり夫婦なりが、互いを呼び合うとき、その呼び声のあわいには、無常の風が常に吹きとおっているゆえに、ふたりは間断なく呼び合いたしかめながら愛をいとなまずにはいられない。

おえんさま、子どもたちがぞろぞろついてまわっている。何にでも変身してみせる婆さま。子どもら、

「やい、おえんしゃま、男になってみろ」

「なに、男、男なあ、男はむずかしか」

「そんなら天狗さま」

「天狗さまなあ、天狗さまもかんにん」

天狗花の首輪をはずして、子どもたちにつけてやる婆さま、その腰つき。

鐘の音の持っていた意味、風の音の持っていた意味、音のない静寂の意味、この静寂を貝につめ

て、秘箱とする。

おえんしゃまの宝の箱、哀しみという心の入っている箱

現代と天明の間をゆき来する婆さま、おじいさん、おじいさん、お前さんも大へんだねえ、と猫にいう。

おえんさまとは、黄泉の国からこの世に来る術を会得しようとして、半分くらいしか会得出来ず、従って、魂の半分はこの世に、半分はあの世にいる霊魂の化身である。

おえんさまの口ぐせ、「さりながら」

生きてた頃のことが気にかかり、あとがどうなったかと立ちあらわれるのだが、人びとは彼女が、自分らと、もと有縁のものであったということを知らない。

フラメンコを踊る美女と南島の唄、黄金色の火事

遠い自動車たちのうなりの中から謡曲がきこえる。燃えさかる火炎の中に、祭の太鼓の音きこゆ。寒行の音のようにも、それと入れかわるように太陽の光の中からさびしい南島の唄がきこえる。

森が燃える。町がもえる、お寺ももえる。火事の中に、お祭りがある。踊る人びと、火事の中にさくらが散る。

十月十六日　にゃあま、音楽にたすけてもらう。（田園をかけておくこと）
人間とのつきあい方が出来なくなったものたちすべて、犬とあそんでもらっているもの、草と、石と、それから見えないものと話しているものたち。
にゃあま、色じんけいといわれる。

ゆうべのねむりぎわのまぼろし、ぽっかりと、明るい洞穴の出口のかなたに、水車小屋（かもしれない）のまぼろし。すっきりとした輪郭の洞窟ではなく、少し形のととのわない出口だった。洞穴の中にも陽が射しているとみえて、道のべに草が生え、それが黄金色にやわらかく光っていて美しい。二度三度、カットバックのように現われ、そして消えた。
それからすぐ、いまの続きの（イメージの）少し下流かもしれぬ風景。真ん中に川が流れている。幅三mくらいか。両側は都市近郊らしい田園、川の両岸の草の色秋めいてやはり黄金色。その川に橋がかかっているが、人間はだれもみえない。木の欄干のついた古い橋のようだった。

にゃあま　無意識界から生まれて来たふたり　あるときは深山の紅葉している木々のいっぽんのように生れている

にゃあま、おえんしゃま（にゃあまの女主人）
うた神さま、おどり神さま、働き神さま、ふゆじ神
異相のものたち、いざりの子猫、めくらのとんび
女郎籠、片目のとんび
ささらを持った舞姫（遊女）、化け方を忘れた狐
火の文の章　石文の章　水文の章
終章ではアコーの樹枯れる

おえんしゃまとお婆さんたちとの対話、土左ェ門だったおえんしゃま、おさんとの対話、火の文のこと、きりしたんのこと、飢饉のこと
草文、都から来た流人、都から来た役者、嵐の話
先はなあ、先は助かる道であるぞやな

にゃあま、終章、西と東に別れるものたち
おさん女に、美しか道を通らせてくれとたのむおえんしゃま。芒、かるかや、吾亦紅のちらちらと揺れる夢のような、人っ子ひとり通らぬ。
空のかた、しずもる、火いつけて燃やしてくれとたのむ。自分でおつけなしゃんせとおさん女、彼岸花をいっぽんくわえて来て渡す。そのとき狐の姿（もう化け方が出来ないおさん女）

　ひいとつ　燃えろ
　ふうたつ　燃えろ
　燃えろう燃えろ
とてもうれしそうなおえんしゃま、火の中に没す
芒原の美しい炎
水の中に燃える火事

〈一九七七年の執筆。『道標』六四号掲載〉

久高島

自分たちがつくり出した神が、神としての生命を持つ。生命を持った神は、そのとき人を依り代とする。

神という観念を持つに至るまで、ヒトはあたうかぎりの美的体験を死とか受苦を含めて共同幻覚を体験したとおもわれる。ひらく花の色を見、結実をみ、人の生まれるのを見、死を見、つまり生命世界に起りうる生と死と、美とおそれをそのあり方、それぞれの様式を見てとったにちがいない。それなりに体験し、言霊を生み、たとえばイザイホウの様式などは未来へも原始へもさかのぼれる自在で、そのように合体した神と人とのささやかなたのしみではあるまいか。

人は神を自分の依代とすることが出来る。永い永い生命系の生と死の自己劇化。人は自分の躰を人類史のみならず生命界としているから。世界を内ぞうしているから。その深さとひろがりを内ぞうしているから。一代で内ぞうしきれねば、二代でも百代でも、最後の生命まで、生まれつぎ、そのことを表現しているから。

鳥越憲三郎氏は、知識の低い漁師たちが大規模の演劇を集大成していると書かれているが、人間の生身が生きついで生み出す知識ものうちで、知識を蓄積してゆくのは、むしろ後天的能力で、男性的能力がより近い知識の集積よりは、ここまで来ている世界史、樹々や地層さえ持っている社会学まで含めて展開して来た人類史を生み出して来た動態を知識なしで把握できる生命力、感受力、宇宙の運行に見あって千変万化している動態こそおどろくべきものではあるまいか。

湧上先生のこと
中松先生
中曽根先生
名前もその人だと知らなかったのにたたずまいの美しさにひとめで粛然となったことの意味、新川さんも。

イザイホウは島や蝶たちの身じろぎと憩い。
秘儀の依代としての久高島そのものがある。依代としての大地と海を失った現代であればなおさらに、どこかに深い英知を営んでいて、久高島を選んでいる。山はないけれど山と呼び、川はなけれどもささやかな湧き水をイザイ川（ガー）と呼び、もっとも聖なるものは手洗鉢ほどの泉の輪であったり、道のはたてと海と空を区切る一本の線であったりする。そこから生がニライカナイであったりする。そこに住む人びと、植物、気候、風土、地図上の位置、地形（島の形）、まわりの海、そこにうつる日輪や月や星やがしかし、いかなる大宇宙をうつしていることか。

非常に示唆深いことは、人が神となりうるための森と海とを失ったかに見える現代社会において（日本列島において）、久高という島そのものが、神々の依代となっている意味である。クバやアダンの森、神屋原（カベール）に神名をあたえ、岩礁や泉もそれぞれ神名を持たぬものはない。

◯文明社会において野蓄化した現代人の顔との対比

イザイホウの前日の夕方、徳仁港へ下るほの明るい繁みの坂に立っていたら、釣竿を手にしたカップクのよい島の男性があらわれた。その男性から何事かを聞きとりするように、学者風の紳士が二人相伴っていたが、かたわらのクバの林をさして、遠慮深げに何という名の場所かと質問した。釣竿を持った男性は夕方の漁に出るところつかまってやや当惑げに、「さあ」と首をかしげる。紳士は、「お宅の奥さんが、何とかという名前をおっしゃっておりましたが」ときかれた。

男性は、それを聞くと大らかな微笑を浮かべ、前方の海に目をやりこう答えられた。

「あの人は神人（かみんちゅ）だから、こういうところにも、神の名をつけとるんでしょう」

その答は、まだつくられつつある神歌の世界にいっきょにわたしを連れて行った。神人である妻と生活をともにしている男性の人格のあり方をも教えてくれた。

日本本土の現代の感覚からすれば、なんの変哲もなさそうな、つまり山の形をなさない山、たんなる繁み、名もない泉とみなされてしまいそうな、ブルドーザーが二、三度そこを通れば、たちまち押しひろげられてしまいそうな（なんとこの期間中、ブルドーザーのような感受性のものたちがこの聖域にあふれていたことだろう）

ナンチュになれる資格が三十歳であることは意味深い。一応の既婚年齢で子を産している女であれば、女性としての生命力の充分に充塡され、村落社会人としての経験も自他共に一応の目盛りまで達した人格である。男たちのオナリ神であるのと同時に共同体の族妹、族姉であろうことは、この島がイザイホウ行事の期間中を見ても、特別の親愛感情で結ばれていることでも見てとれる。処女神でないことは、あらひと神の人格の厚みと深みを思わせる。

古琉球時代、制度の役職としてのノロたちをつくらせたのも、沖縄の無数の無名の神女たちは、ユタたちを含めて最下級といわれる古琉球の王政を逆に依り代として役職名を持った神女たちを甦らせ続けたが、制度としてのそれを失うと、本来の依り代としての久高の島を再確認してそこによみがえり続けているのではあるまいか。潮の行き交う道、草の行き交う道とおなじく魂替えというけれど、この世には魂の行き交う道というものがあって、もはや自分の現身を神の依り代とは成し得ぬ現代人のさまよえる魂が久高島を目ざして蝟集しているように思えてならなかった。

そこでしかし対比された島の人びとの美しいたたずまいと、文明人の、感受性のキハクになった表情のしまらぬ小利口そうな訳知り顔を見くらべて、自分には見えぬ自分の顔をおもい悲惨の感にたえなかった。

しかしこのものたちの魂はもはや変質しつくしているので、神の振る鈴の音も、神馬のひづめの音も聞きとることは出来ず、存在の毒虫となってちいさな島の神性を吸いつくすのではないかとのおそれを持った。

外間御殿の庭を太陽とほうおうの扇をひらいて蝶や島の化身の憩う姿のように舞いめぐる神女たちをガジュマルの巨木の根元にいてさしのぞきながら、演劇史は、人工的な舞台をしつらえた瞬間からその呪術性を失ない、鑑賞するものとなってしまったのであろうと思った。

たとえば蝶と人とのいれかわりのはるかな時間が、太陽の光の中に展開される。彼女らの陽と潮と、ふだんの労働と人生とに灼けた顔と素足が白衣に包まれ華麗きわまる扇は神蝶のしるしのように息づきながら静かにゆらめくのである。

これが化粧をほどこした舞台上の姿ならば、このような存在感は感ぜられまい。陽にやけた肌の色の女性たちの姿が、蝶たちの憩いのように見えるのが、神の国への神女たちの移住とその実在を思わせるのである。

天才という語は後天的な言葉だけれども、もとは神というものであったろう。かつて神は、心正しきもの、祈る心のすぐなものにはひとしなみに宿り給うた見本がここにある。そのような人々の現身に宿り給うてなさせるわざが、イザイホウであれば神でもあり天才のわざでもある。知識の低い漁師やその妻たちがなぜこれほどの演劇形式を完成させたかという鳥越先生の感懐は、知識人のみた演劇論としてはもっともだけれど、演劇の生まれるはじめは、知識の自己劇化にほかならぬので、その衝迫する呪術性は、肉身の外殻を脱ぎすてて（知識はそのまた外側だから）生まれ出るものだから、演劇理論は、その発生のときには必要ではないのである。

悪進化して解体することが文明の運命であるとしたら知識としてのことばもまた命運を共にすることだろう。情報化社会は更にその解体に拍車をかけるだろう。

省略の形が生きてくる場について、孤島の闇の中でうたい交わされるスンカニは、他の物音が消去されているために、逆に闇の音楽的豊饒を感じさせるように、拝所をとりまく風景の単純さは逆に、その集約化に力を貸している空間の力を感じさせる。

〈一九七八年の執筆。『道標』六六号掲載〉

不毛

不毛という様式に書くとすれば、線であらわすのか、匂いであらわすのか、よもや詩なぞであらわせる筈がないと思っていたが、詩がもしこの世を呼吸している草の魂のようなものであれば、花が死を抱いているように、それは愛から来ているかもしれないのである。

不毛ということが人格であって、その不毛にとってもしや快楽があるとすれば、自分の葬式に来てくれる友人らの顔の細密描写をたのしむことから始まる。

山々が呼吸している。その呼吸の色と形がみえる。呼吸のプリズム。露に濡れて身じろぐ芒がそれを睡りながらつくっている。風が。

まだ出ない太陽と、うすれてゆく闇の間で呼吸している山々がみえる。その山々の呼吸は光りの稜線でなっている。いままなかいにその稜線とむきあったわたしはその一瞬に太古の光の中に溶け入ったわけだが、光りの中へ往かずに残った方のかなしみの乱反射で、現身の荘厳を形造り、山々といっしょに天にむけて呼吸をする。未明の曙光がゆらめいているようなのは、山とわたしの呼吸のせいなのだ。

*

死んだわたしの魂がいやがってもう曳くのはくたびれたとぐちをいうのはわたしの生きむくろのことなんです。

それがまあべつべつでいながらいっしょになってはしゃぐのは月夜の晩で、行ったことのない山の、海原のような光り凪の芒原を、一そうの舟の影のようになって渡ってゆく時なんです。

〈一九八〇年頃の執筆。もとは無題。このたび仮題をつけた。『道標』六六号掲載〉

逸枝雑誌のために

わたしの神はどこからあらわれるかわからない。たとえばノートのどこらあたりにあらわれるか。一見そのあらわれるところは無秩序という形をとってあらわれる。

森の家をめぐる聖と俗
聖と俗とを永遠に秘めている性
呪符の意味（面会お断わり）
庭（ウトンミヤア）のこと
森の家
あるいは神あそび
未来の知性
夫妻の異質性

近代に向かって飛び出した歴史の動くときの物理力で憲三のエゴイズムは検討されるべき内質をもっている。

女たちは時代的状況をうればすべて神女たりうることは、今なお八重山群島に存在しているノロたちや十三年に一度とり行われる久高島の秘儀が示している通りである。

そのことと呼応するように逸枝の天才論がある。

根神（ネーガン）をたすける根人（ネンチュウ）らが日常ふだんの姿は変哲もない漁夫であるように拝庭（ウガンミヤア）を森の家を出た憲三がダンディズムのかけらも見えない、〔三字判読不明〕をまとった男であったことにわたしは限りないシサを受ける。

天才という言葉におき替えられる近代以前の民衆の語、神高い、魂の美しい、あるいは魂の深さ、せじ高い、威の高い神という名がつく人格のよび名いろいろ

与那国、石垣で受けたショウゲキ、近代におけるコトバとその肉質のそう失

憲三のとった姿、興味の外にあるものにとった姿は拒否色であった。

「あんただれ？」

と、もろさわようこ氏に云った時、それでなくともこのすごいエゴイストは生命の消えつつある妻との魂のコミュニケーションの只中にいて、他者の存在は眼中になかったと思われる。

その妻の確実に不吉な病状を知らされて衆人環視の中で失神し、見知らぬ人から介ゴを受けて甦えったとしても、その介護者さえ眼中になかったとは、よほどのことであったろう。たぶん彼の世界は大崩壊を遂げつつあったのだ。それは一応誰が考えてもまことに礼を失したことである。このような場合に礼ジョウを失わず、沈潜の極にあって万事を破綻なくとりしきる男性を尊敬する。けれども憲三的大破綻を見せる主人公にはより深い劇的な哲学と永遠の文学、あるいは文学のよって来たる意味を感じとる。しかしこういう場面をわたしどもは、ギリシャ悲劇や能の舞台にしつらえて考えてみることもできる。

わたしどもはそこに、ながい間常ならず相愛であった妻と夫との最後の別れの場面を想定する。衆人環視の中で憲三が死んだ妻にキスを繰り返したというもろさわ氏の文章によってそれを知ることが出来る。それを不快としてまじまじと見ている年とった夫人たちをも舞台上の人物たちとして見ることが出来る。そして、舞台のならいで、夫人たちを消去して、二人だけにしてやることが出来る。わたしが劇作者なら二人の別れをうたうコロスにその婦人たちを変えてしまう。その別れをより荘厳する為に。

あるいは舞台を超現代風の風シ劇にするならば、かしましいコロスたちに変えることもできる。かしましいコロスたちは徹底的に死者と生者の別れを引き裂くのである。この方が、現代ではあるいは意味があるのかもしれぬ。

能の舞台であるならばどの面を出したがよいか、選択することができる。いましも現世の外へひとあし踏み出し、ありし世の方へ振り返り、死霊となりつつある妻にそろそろと片手を伸ばし、よろめいてゆく哀れな夫。鬼気を帯びた鼓が鳴って、俗世の掟をあらわすツレが登場する。夫はその掟によって処罰される。魂は妻にあずけているが、俗身は自ジョウ自縛にかかって自ら足をすくわれる。

この夫婦の最後の別れの場面はまぎれもない悲劇である。そのようになる原因は、二人の宿業であったのかも知れぬ。現世で破天荒にしあわせであったから。

「彼女と居ればしあわせいっぱいで……、僕は有頂天で過ごしたんです」

と憲三氏はたびたび筆者に語られた。

「彼女の舌はとくべつでした。それはもう柔らかくて、紅くて、とろけそうでした」と。

「それと耳。ふっくりと形よく、目がね、目千両というでしょう。あれですよ。小山のような乳房でした」と。

イニシエーション

久高島　イザイホウ　花さしあしびと

森の家

神になったナンチュに人さし指で朱をさしてやる根人（ネンチュ）　女神を認証をする人

森の家でのふたりをどのように云いあらわしたらよいのかと考えあぐねていたわたしは、はからずもイザイホウの秘儀をかいま見ることができて、神女たちの花さしあしびを眼前にしたとき、逸枝と憲三を想い浮かべた。

森はふたりの御殿庭（ウトンミャア）であったのかと思い当ったのである。二重の感動で胸せまりながら世にもうつくしくおおらかな古代的〈花さしあしび〉を泪ぐんでわたしは見ていた。花さしあしびが終りに近づき、神女たちが神の森に引きあげた後の御殿庭に、ちいさな白蝶と黄色い揚げ羽の蝶（はびる）が木麻黄（もくまおう）の樹の間から湧いて来てもつれ合うようにひらひらと舞って去った。夕ぐれに近い太陽のかげがその神秘な蝶を浮き上がらせた。人々はこの世の静寂がかもす美しい時間が二羽の蝶と共にあるのをまなうたにきざんでいるかのようにものをいうのを忘れていた。

火の国に見られる曲従の衝動、（読者、つまり世間に対して）

「半ば実行して挫折」というひんぴんたる経験

親ラン

聖書のことば　信じるものは救われん、その他

義のために迫害されているもの、地を相続するもの、自分を低くするもの

森は神殿であり御獄である。なぜならばそこは煉獄であるからだ。この世の煉獄を再構成しているところであるからだ。それを営むルツボが炎をなしていて、炎の中にある者にこそ恍惚の開示を視るからである。その視る者は天才とか霊能者である前に、優劣である前に資質者である。このような資質者は特種者ではなく、民衆的次元の者である。

逸枝が、ある他者に曲従の姿をとったのは（その作品世界では別である）民衆者であったからである。ここがむずかしい。森とその家は彼女の作品そのもの、あるいは錬金術の場所、ある時はまた〈花さしあしび〉――後述――の御殿庭（ウトンミャア）であった。つまりそこは、聖域であった。彼女が何かにつかえていた霊能者であることを現代は知らなかった。人びとは、これを日常世界だととりちがえていた。彼女は、とりちがえられる理由を充分知っていたので、外来者たちに、常に「ありがとう」と云ってた。その度にどれほどのエネルギーがついやされていたことか。

そのような彼女に仕えていたのはただひとり彼女によって選びとられた夫憲三その人であった。（エゴイストとは彼女の尊称、控えめな、のろけととらねばならない）11、12ページ参照、恋愛論230p

聖と云っても、彼女を神秘化したいためではなくて、そこには、現代の知性に課せられている最終の課題を象徴して表現したのであって、彼女によって命名されている「生命哲学」の読み解き作業の本体を古代霊能時代の神殿になぞらえてみたまでのことである。

森――26p

すべて男女のみちは相感(あいめ)であふべきことわりなれば――萩原廣道『源氏評釈』

東京は熱病にかかっている、大正一二年脱稿

聖書、マルコ伝、御言葉の播かれて路の傍らにありまた播かれて

森の家　昇華の過程、科学上の術語、334恋愛論

『日月の上に』解シャク　122p　女歴

全面的自己ホウ棄の衝動、つまり自己破壊の衝動、いうまでもなくそれは理解されえないから他に求めることをせぬ虚無と絶望の深さにほかならない。自分をめぐる世界への全面嫌悪の衝動に他ならない。

逸枝を書いていると全く自分の内心を語りはじめている気がする。

全エネルギーを投入せねばならぬほどの自己抛棄(ほうき)とはなにを意味するか

彼女における感覚の（官能そのもの）制御装置が、つまり学問であったろう。逆にまたその学問に感覚を与えているのが、詩であった。

近代市民社会は「まんまんさま」のようなものを捨てることからはじまった。甦えらせねば捨てられる、聖なるものに甦える、あるいは甦えらせる、絶対無償の間柄。

死にぎわ、助けを求めている逸枝、その地底における灼熱度によって上昇する願望（日月の上に）は、世の常の立身出世への上昇志向とはまるで本質を異にするもので、そこにより添った憲三の本質は、家出事件前後や、憲三自身が企ててやんだ婦人戦線前後の対応、平凡社退社のいきさつなど見落としなく見てゆけば理解されることである。

生命はみずからを形づくる。

逸枝が負っていた聖痕
あたしに向けられた侮辱の一千の指（日月）
誰も私を知らない（放）私の心の中には泥まみれな無数のものやありとあらゆる罪悪がすこしも傷つけられないではいっている（放、女詩人の物語）
圧力を受けたものの、物理的陶酔（日月）

深川くずし
蛆虫になるべき身をば持ちながら、いきな立ちん坊や、コレワイサノサ、墓掘りや。行く手は時

代の左り道。プロね。（東熱、お葬の夜のボロ仲間２３６）

彼女における現世ハアク
日月41　汝の陶酔からしばしば跳躍しなくてはなるまいね
57　馴れてみればこれらのことも

大正リベラリズムは、村々の神童たちが東京に集まってきたことの総結集。その神童たちの腑分け。

イザイホーは、性を祭る秘儀に思えた。それは今日のあわれな性ではなく、太古、あるがままにおかれていた生命を人間が自覚し、性をどのようにうやまい、尊厳なものと観じていたかを美なるものの極、その内界として様式化して行う幽祭である。

根神、根の神は女性であり、神女となったばかりのその額に朱をつけて認証する役は根の人、すなわち男性である。この光景はまことにうつくしかった。憲三は神女逸枝を認証する根の人であった。逸枝にためされた憲三の、根の人である資格、大日本女性人名辞書を自身の著であるため恥じていた憲三、逸枝と憲三との幽祭がおこなわれていた森の家、それをしらぬ物が、この場所を横切ってゆく。それもいたしかたなかった。

時代の濁りが、悪臭の波頭を立てて広がるその首都に幽祭の場所があったのはたぶんわたしのみたまぼろしであったのかもしれない。

夫妻の異質について
キエルケゴール、356p（恋愛論）375p（火）

書きたいことの柱　さらに聖と俗の中味
1、個と集団
2、表現と現実の空隙
3、その破タンの日、死のときの市川グループの侵入
4、●●●であるが故に森の家における朱をつける人
能舞台（創作）とイザイホー、朱付け、花さしあしび

逸枝は豊ジュンな生命の蜜をたたえた人であった。彼女があるけば、蟻の甘きに集まるがごとく、その芳香にひかれて集まってくる人びとが見られた。憲三氏によれば「恋の上手な人」で、数々の伝説を生んでいる。それほどまでにあった人がルス日記で公開したほどに、憲三でなくてはならない人であったのか。

憲三が妻の逸枝は芹摘みに憲三は窓には梅の花

彼女が好んでしばしば書にした歌である。

〈一九八〇年代頃の執筆。『道標』六六号掲載〉

IV

月夜が原

登場人物
あのひとたち・
乙比古・犬丸（所の長者の下人）

祇園会の夜更け
大回り（うまわ）の塘（とも）の月夜が原
（あのひとたちの寄りあう原っぱ）

祇園会の終った夜更け、おそいお月さまが上ると、あのひとたちの神輿が渡ってくる。

所の者たちもうすうす気配を知ってはいるが、月のおそい晩の原っぱには近づかない。ことに芒の花がしろしろとうねりはじめると、神輿が着岸したとおそれて外に出ないようにする。神輿には、弁天さまがついて乗っているが、侍女たちは人間の性ではない。

乙比古は弁天さまから夢のお告げを受けて魂がとろとろしはじめ、神輿を迎えにゆくという。犬丸は仰天しておっかなびっくりついてゆく。

乙比古、魂が抜け出しやすい人間。無類の祭好き。あちこちの祭には脱魂したまままさまよい歩く。村では〝高漂浪き神(たかされ)〟の異名がある。流浪も度をこえている別格の者に奉る異名である。

あのひとたちとは、かぎりなく人間に近いが人間ではないものたち。河童、狐、夢魔、わくど、大蛇、山の神、川の神、くどの神、井戸の神、猿の神、蟹の神等々……。

〈二〇〇三年〉

猫男たちの哲学

赤黒い色のポスターが森の中に二、三枚ぶら下がっていた。反り身の男の背中。リュウリュウという感じではなく、なめらかで、猫から人間に変身するきわの肉質をさっと色にしたという態の絵である。

森に向きあって酒場めいたカウンターに二人の男。森の道ぞいに幹の茶色い樹。その樹に背中をすりつけ気味に男一人。上半身、どうも裸のよう。そのひとりごと、

――あたしはね、気位だけで生きてるんだよね。風の音でね、何もかも分かっちまうんだよね。ひとに文句つける気なんか、これっぽちもないんですよ。でもね、背中がこうむずがゆくてね。この樹、歌う声がねえ、調子っぱずれでねえ、笑いたくなるもんで、背中がちいっとばかりゆがむのよねえー。うふふ。

二人の男にもきこえている。

一人の方。

——あたしはねえ、脛がこうむずがゆくてさあ。

一人の方。（片足をあげてかく）

——何さ、お前さん、毛脛出したりしてさ。

——あら、ズボンはいてんのよ。これでもあたし、毛先でね、風の方向、はかってるんですから。

——噂ばなしの風？

——まあね、人はなぜ、いえいえ、猫たちはなぜ、人の噂をするか。

——草だって樹だって、昼夜、話しておりますでしょ。人の噂してもべつに何ということないですよ。

——あたし思うんだけれど、人間のことにこだわるのは、近ごろ、あたいたちがあんまり、樹に登らなくなってさ、地上ばなれしないからじゃない。

——そりゃ、あたいたち、ヒコーキにこそ乗らないけど。


〈二〇〇三年一月一四日朝〉

「大地の眸」と「空をゆく眸」との連夜の続き夢

（平成十五年一月七日夜、京二氏ハカタより帰着とおデンワ。大地の眸の方は朝日西部本社の定期連載に書いた。）

今朝方は空をゆるがしてB29の編隊が空を通った。姿は見えなかった。爆音のあと夜空のようなうすい雲ときどき。その雲間を縫って青い眸が空をゆく。地上というより、前世すぎこし生命や天象を視ている目。青いといっても東洋の眸の色。

はだしで井戸のそばで、いそいそ働いている女たち。

叔母、母、いとこ、久子。妹、それに道生。

魚が十四ばかり、中形の、鯛よりは細いが鯛の色、あまり鮮度はよくない。客が（道生の客）三人。久子が上手にさばいている。道生がたいそう古い、錆びたつるべ用バケツで水を汲みあげ、井戸の中に魚を入れた。三、四匹だった。

あっ、バカがと思ったが間に合わない。冷やすつもりか。なにしろ夢の中だし、その頃、冷蔵庫がない。海の魚を井戸に投げこんで、泳がすつもりでもなかろうに。それに魚は死んでいるんだし。サシミが出来たようだが客をもてなす母屋が古すぎるし、(夢の中の途方もない歳月)小屋の方にしようかと裏戸をあける。これまた、五十年ばかり放置して夢の中の歳月にむしばまれ風化がすごい。赤土の壁が、戸をあけたとたんにぼろぼろ落ち、切り藁がぶら下がる。中のタンス類もカビてひび割れて湿気くさい。ものさびしさつのり、女たちもサシミをのせた重い高浜焼きの大皿を抱えあぐねている。

〈二〇〇三年一月一四日朝〉

「カニたちと棕櫚の樹」夢にくることば

棕櫚(しゅろ)の葉に、杳(はる)かなむかしから風が吹いておりました。棕櫚というのは枝がなくて、てっぺんにだけ放射状に丈夫な尖った葉がついておりますので、風が吹きますとてっぺんの方から、右や左に幹をゆらすのです。ゆっくりゆっくり。

すると丘の裾の渚の方から、いくつもの小さな谷の窪みを伝って、蟹たちがちょろちょろさわさわさわさわ、棕櫚の樹をめざしてのぼってくるのでした。

ヒトの掌くらいの親蟹たちが、小指の爪くらいのちっちゃな子蟹を連れて田んぼの畦をこえ、小川を泳ぎ畠の草の下をくぐって、岩のぐるりを大きく廻りながら、疲れたふうもなく、のぼってまいります。

山といってよいほどな丘で、棕櫚の樹はそのてっぺんに立っておりますので、ここいらでは、いちばん高いのです。

ほらね、あそこまで登ろうよと声かけながらのぼってくるにちがいありません。なにしろ棕櫚のてっぺんの葉尖からは、きらりきらりと七色の光が放射されておりますし、蟹たちのあの動く目玉も七色に光りますし、その上空には杳かな時代からの風がやわらかく吹いて、蟹たちはまったく自然なこころもちで生まれる前の、神さまとの約束ごとでもあったかのように丘の上をめざしているのでした。

さて、棕櫚の樹にたどりつきました。蟹たちはこれも当り前のようにのぼりはじめました。人間にはのぼりにくいのですが、蟹のあの爪なので登りやすい。するするするする登ります。登って登って、わあ、いっぱい。てっぺんまで蟹の樹みたいになっちゃった。

海の向こうの夕陽がきれい。

棕櫚の樹は手を持たない神さまのよう。

〈二〇〇三年三月一七日朝。『アルテリ』八号掲載〉

温泉つきゴブラン織り手押し車

それは姫百合を図案化したゴブラン織りを内側に張った乳母車だった。おやと思ったのはそれが大人用につくられた手押し車で、大人一人が寝そべられるほどのもので、中に温泉が浅く入れてある。

温泉を宅配するのだろうか、でもおとどけするまで冷めてしまわないかしら。わたしのためのものかしら、それともどこかのご老人か、躰の不自由な人に使うためのものか、などなど頭にうかぶ。それにしてもやや古びてはいるが見事な内装の手押し車だ。色も淡いサーモンピンクとしぶい緑の模様。

あたりに家はみえず、田園の中の道である。植えて二十日も経ったかと思える早苗が風にそよぎ、左側の土手の下の川（水俣川よりやや狭い）はおとといくらい降ったような山水が清冽に流れ、黒い学生服を着た男の子たちが、気持ちよさそうに橋ゲタに腰かけていた。

全体が緑のさわやかな景色の中で手押し車の色はひときわあざやか。少しごとごとするのは、道が舗装されていないせいだが苦にならない。誰が何のために創ったかわからない。中の温泉が冷めやしないか心配だったが、霊水だから心配ない、と思うことにした。

〈二〇〇三年八月一二日朝。『アルテリ』八号掲載〉

無題

昔そこに町があった。
栄町とよばれていたが
みんな年をとらない。

鍛冶屋の息子は小学二年で、兄ちゃんはいくつだったか。たぶん十六ぐらいでウナギとりの名人だった。「会社」の横の溝にうじゃうじゃいたそうだ。バケツの中ににゅるにゅる重なっていたウナギたち。町内の男の子たちはあこがれと尊敬の念をこめて兄ちゃんとウナギを見くらべていた。

鍛冶屋の小父さんは悠容せまらず包丁のような赤いカネをたたき、その仕事が終ってからウナギをさばく。

小父さんが向う鉢巻きで少し赤い顔をして大きなマナイタを道ばたに置く。

祇園さまのうしろの山の端に夕陽がかがよっていた。

小父さんは子供たちが中かがみで見物しているのも、ごきげんでさばきにかかる。頭のつけねのところを上手に握って、まないたに押しつけ、片手にキリを握ってぽんと首にさす。全身を片手で伸ばしてやる。ウナギは真っすぐになる。

とり逃がしたこともあったのだ。

港通いの客馬車の馬もによろによろと道を横ぎるウナギにおどろいて脚をあげ、後ずさりした。兄ちゃんと小父さんはウナギを追っかけた。

それそれそっちじゃ、こっちじゃと馬車の道は通行止めの人だかり。馬車曳きさんがどうどうとウナギに声をかけた。ウナギは泥まみれになって摑まった。夕陽はどんどん落ち、馬車は、かっぽかっぽと蹄の音をたてて、たてがみを振り振り昭和の初期の某年某月の夕暮れの往還道をゆくのだった。

町は街に変り夕ぐれの色が泥はねの上る氷雨の道に変り雪景色に変り正月には祇園さまの祭にきた三番ソウの烏帽子をいただいた男の人たちが裃姿の、三河なまりで新年の口上をのべにくるのだった。それゆえわが家では「おひねり」にも気をつかった。美濃紙の、折り目のしゃんと立つ白紙に、なにがしか。

〈二〇〇三年八月一三日〉

クロ

どこかで死んでいるにちがいないとあきらめていたクロがひょっこり姿を見せた。三カ月ぶりだが、まるで昨日の続きのように何のこだわりもなさそうな姿で玄関の前に端然と前脚を揃えて座っているではないか。

これまで縁があった猫の中できわだって姿のきちんとした猫である。いったいどこで、ああいう躾を受けて育ったのかと思う。

玄関の脇に白い両脚をきちと揃えて座り、「いらっしゃい」と声をかけるまで、身うごきしない。冷静というのでもなさそうである。こちらの気配をすべて察知しているからだ。降りていって、

「早うおはいり、さあ、早う、よう来たねえ」

扉をあけて招じ入れようとすると、顔をふりあげ、こちらの目を見つめ、何とも切実な声で、三べんか四へん、あいさつを返して近寄ってくる。

これがなんとも、宿世のえにしとでもいうのか、哀切きわまる声で気にかかる。ひたと見つめる視線である。ひょっとして猫ではないんじゃないか。一秒でも長く居てもらいたいものだから、かねて用意のカリカリを出し、カンゲイの意を表する。黒とグレイを主にしたトラで、鼻の下とアゴと四脚は白だから、座るとたいそう気品がある。中猫にもならない体格の頃、姿を見せるようになり、だんだん大きくなった。

小さい頃からの人なつこい様子からして野良猫とも思えなかった。しかしあまりにも行儀がよかった。近所をうろうろする野良猫とくらべ、食べ物を食べる様子に節度があり、いやしげな様子がみじんもない。全体のキ然としている態度は親猫や飼主の躾であるというより、生得のものとも思えた。

「早うおはいり」といくらすすめても玄関の敷居三センチばかり手前までくるとぴたりと止まり、はいって来ようとしないのである。来ないかわりに首を仰向け、何事かをしきりに訴える。猫語を解さないので、こちらは周ショウ狼バイ、うろうろして情けないことかぎりない。うろたえて今ばやりのカリカリなど下等な食べ物を出して、プライドを傷つけてしまったのだ。とり返しのつかないことをしてしまったどうしよう。

ヘルパアの米満さんも相当慌てている。手をさしのべてかがみながらしきりに誘ってくれている。

「にゃん、にゃん！　ほらおいで、ここまで、にゃん！　おいで」

ことばは正確には伝わらなくとも、「にゃん!」と発語すると、向うから答える声に情がこもって、しばらくやりとりが続き、クロはしるしばかり、カリカリをかじってみせた。人間の訪問客が見えて、玄関先のやりとりは行方不明になった。

あとでこの人は言った。

「あれは何かのお使いですよきっと。あんなに、こちらの顔ばしっかり見上げて、ものいいかけてくるちゅうはお使いですよ。なんのお使いでしょうか」

彼女は考えこんで黙っていた。

「わたしもそう思います」

しゅくぜんとなってわたしはそう答えた。クロはなにか、もっと高級なことを伝えに来てくれている気がした。ひょっとして、前世でわたしも猫だったのではないか。

あるいは自分とは異類の人間だと思っていなくて、同族の猫だと思っているのではないか。

その同族にしては、いろいろと不満があるにちがいない。

まず、玄関の中に入れてもらえる時があるにしても、泊めてもらえない。何しろ借家とかで、木造の木目を大切にしている家主さんに気をかねて、つまり柱や壁に爪を立てられたら大へんという訳で、クロのゆくところをはらはらしながら、家人がついてまわり、いちいち声をあげるのが小うるさい。「いらっしゃい」と丁重にいうのをシガにもかけず、一直線に上りカマチをかけ上り、部屋の中を一巡し、一瞬にして外に出てしまう時もごくたまにある。この家に興味がないわけでもないのである。

クロは毎日は来ない。寒冷前線が近づく頃に姿を見せ、何かの啓示のごとく訪れて、さっと居なくなる。ふだんはどこにいるのだろう。ひどくやつれて毛並もうす汚れていたことがあったが、あの頃は野良をやっていたにちがいなかった。少しでも長く居てもらいたくて大きなだしじゃこを用意したり、チーズを用意したりした。だしじゃこは、添加物の少なそうな水俣特産のものにした。長さ二寸ほどの片口イワシの干し物を真横にくわえて、ニャオーとうなったときは威風堂々としていた。

〈二〇〇七年〉

パパ猫りん

うちのりんはパパ猫だよ。

りっぱなパパだよ。

にんげんのごんちゃんより、えらいかもと、おばあさまがいうくらいですから。

なぜならりっぱなお父さんだから。

でもなぜパパ猫なの。あのね、
人間のごんちゃんが、

「りんりん、ほら、めしだ、めしだ」

と呼ぶと、裏のくさむらから、鼻のアタマにほそい草をくっつけながらやってきて、大きな猫どんぶりのそばにゆったり座り、少し後ろに下がり、みんなの食べる様子をながめます。あちこちから、小っちゃなくろやぶちや三毛たちがやってきて、どんぶりにはなをつっこみます。

どんぶりのまわりは、押しあい、へしあいしてしばらくにぎあいます。にゃごにゃご、にゃあご、おれが先だ、わたしが先よと言っているようです。七匹も頭をそろえて食べはじめると何といったらよいか、そうとうこみあうのです。あ、もう一匹いました。最近子どもを生んだ、シャラです。まだちゃんとお母さんになれなくて、赤ちゃんネコをどこかにかくしていて、食事におくれたようです。

りんりんがすぐに気がついてのっそり立ちあがり、くろとぶちにうなりました。

「ううー、間をあけろよ」

三匹のかわりにシャラが小さな声を出しました。

「ニャニャア」

それには返事をしないでりんりんはまた後ろにすざって、皆の食べる様子を慈愛にみちたまなざしでみています。食べられずにいるものはいないか、ゆき渡っているかどうか。みんなより、ひとまわりもふたまわりも大きくて、威厳があります。

〈二〇〇八年五月三一日夜〉

神話的気質

漢字というものの成り立ちとその由来を、一字あまさず解きあかし、十二世紀に出された中国の辞書をも書き替えられた白川静先生は、研究の余暇に万葉集の解釈についても一書をのこされた。近代的な感性では読みあやまる、というのがその主旨であった。神話的呪術性がその本質だとされた。

志賀狂太の歌を読むたびに私は古代的稚純ともいうべき人なつこさを身につけながら落魄（らくはく）した王子が巷間をさまよった果てに行きだおれてしまうという図を思い浮かべてしまう。並はずれた古典的美学がわざわいして、市井の率直な人々に言動がなじまず、その黙示録的な言動を危険視されてもいた。父親の職によって小学生時代を北朝鮮ですごし、終戦直前に志願兵として出征するやいなや敗戦となり、ソ連の捕虜となって抑留所を転々とはしたらしいが、その間のことを聞く機会がなかった。

この間に体験したかと思える人間の極相はただでさえ傷つきやすい人柄の暗黒期となっていたのではないか。

熊本鹿本（かもと）に帰り、来民というところに帰って来ても、歌詠みの友人以外に交わる人はいなかったときく。

変った若者に見えていたらしい。

〈二〇一二年〉

能『不知火』の世界

日時　二〇〇四年十二月二十六日
場所　人間学研究会・会議室
聞き手　久野啓介（熊本近代文学館館長）

久野　最近の体の具合はいかがですか。

石牟礼　少しよくなる、というか、よくなるのかどうか分かりませんですが、薬も効いて、少し字が書けるようになっています。おそーいですが。『おえん遊行』の後書きを今朝まで書いていました。

久野　具体的には。

石牟礼　手足が不自由、ですね。手作業が、お炊事を含めて。ゆっくりであればいいのですが、たとえばお箸に力が入らない。お茶碗を抱えるのにちょっと重いとこぼしそうになる。お裁縫やお料理は好きなんですが。ゆっくり時間をかければ繕いものもできないことはないが、手作業はふつう意識せずにやるでしょう。しっかり気持ちをこめてあとひと針、またひと針と力を入れないとできなくなりました。でも全くできないわけじゃなくて。字も一字書きますのに途中で線が震えるんですよ。

久野　病名は付いているのですか。

石牟礼　パーキンソン病です。脳内物質が足らんごつなってですね、脳内には黒質という部分があるそうで、そこに必要なドーパミンという物質が足らんようになっとるそうです。

久野　とくにこの三年は能『不知火』の東京公演、熊本公演、水俣での奉納公演とホップ・ステップ・ジャンプしてこられて、かなり忙しかったはずですが、かえって元気に見えます。

石牟礼　何かがあった方がいいのかもしれません。薬を飲んでいるのですが、その薬も飲み続けていると、そのうち効かなくなるそうです。それに備えた次の薬もあるそうですが、その薬も根本的に効くわけではない。手足、腰が弱り、歩くのに大変苦労します。それで毎日ここの中を寝る前に三十分、歩いてます。びっこひきひき。これを欠かさんようにしていることも（効果が）あるのでは。最初の一カ月は十分、次は二十分、三十分と。いまは三十分が目標です。きょうは髪を洗いに行ってきました。自分では洗えないので迎えにきてもらって、少し足どりはよくなっている気はしました。

「とんとん村」への家移り

久野　さて能『不知火』ことです。風土、あるいは自然といってもいいのですが、作者である石牟礼さんと風土、自然との関係について聞かせてください。私は三回、同じ能を見たのですが、一回一回、全然印象が違う。ただ、シテの梅若六郎さんが橋懸かりに現れ、第一声、「夢ならぬうつつの渚に、海底より参り候」と謡い出す個所はすごいと思いました。そして能『不知火』の上演を前に開かれたワークショップで詞章（台本）を読んだとき、得心がいったというか、能『不知火』の舞台は渚なのだ、渚に大きな意味があるのだ、と思いました。

石牟礼さんにとって「渚」とはどんな意味を持つのでしょうか。

石牟礼　私にとって、たまたま渚で、ということではないんです。渚でないといけない。渚の世界を書きたいと。それは水俣病問題にかかわったことはまた別にしても、書きたいと思っていたことです。

私は最初、水俣の栄町、チッソの近くの、チッソの脇筋に住んでいました。それから大借財を抱えて家が没落して、差し押えにあって仏壇からお雛さま、大きな書棚、叔父の書棚で、叔父はもう亡くなっておりましたが、一夜にしてなくなった。

それから水俣川の河口の「とんとん」という村に家移り（やうつ）りすることになりました。そこには火葬場があり、渚にですね。父が「家移りするごつした」と言い渡しまして。小学校二年生の初めのころでしょうかしらん。栄町の家は小さな家でしたが、石切り場を抱えていたりして、「石屋」と言われていましたが、土木請負業もやっているわけで、土木工事には石が基礎に必要で、石垣を築いたり、道路をつくるにもそうで、湯の鶴に行く道路なども手がけていたので、ずうっと石がいるわけでして。栄町の家は職人さんたちがいっぱい来て、お手伝いのおばさんたちもたくさん来てにぎわっていました。

それが差し押えにあったわけですが、「差し押え」という言葉は「さしょうさい」というふうに発音されて、聞いたことのない、初めて聞く言葉でした。親たちや親類たち、近所の人たちがみんな声をひそめて「さしょうさいが来る」と言い交わし、「学校の机や道具も持ってはってかれちゃならんから」というわけで、近所の人が「家で預かる」ことになりました。また差し押えが来るのを、父は子供には「見るな！」と言い、当日、私は他家に預けられていました。まさか仏壇からお雛さままで持っていくとは思いもしなかったんでしょうねぇ。差し押えの後の家はガランとしていて、「さしょうさい」とはなんじゃろか？　なんだか恐ろしい怪物ではないかと思ってました。塗り物のお膳なんかも持っていかれて。

それで海辺に移ったわけです。それは小さな藁小屋の一間きりの六畳か八畳か、土間にへっついが座って、襖も障子もない舟小屋のようで、買ったのか、借りたのか、いまだに分かりませんが、安かったのでしょう、きっと。近所の人たちが私たち子供なんかにも「なぁー、とんとん村に行きなっとちなぁ！」と言います。「とんとん」というのはとても意味ありげに聞こえました。行ってみてだんだん分かってきたのですけれども。

移った家から五十メートルくらい先が渚で、渚には道が続いていて、満潮時には海の波がついそこまで来るようなところに火葬場がありました。時々寂しいお葬式があって隠坊(おんぼう)さんが先に立って四、五人とか十人もいないような葬式でしたね。当時の普通の葬式は、五色の旗を立てて、金襴(きんらん)の旗があったりして、町中の人がお見送りするのです。そういうものを見慣れた目にはなんとも寂しい葬式でした。「どこの人か分かんなはらんげな」といわれて行くところのない人々の葬式でした。

周囲は渚に沿って田んぼや畑があり、葬式があると畑で働いていた人たちが鋤を置いて「どこのお人やろか?」と拝んでおりました。隠坊さんはケモノの皮のちゃんちゃんこを着て手足をニュッと出していました。「岩どん」と言ってましたが、村の人はみんな畏敬しておりました。葬式があると「きようも岩どんがホトケさんば焼いてやんなはる。行くとこのないホトケさんを、よかところにやってくださる」と人々は言いよりました。

火葬場は海に突き出した岬のふところにあるので、畑から振り返ると火葬場の煙が上るのが見えます。煙がまだ上がっていると人々は「まあだ焼けなはらんばい」と言いよりました。

家移りしたことで子供にとっては遊び方が違ってきました。家の前は海、渚ですからいろんな貝殻が散らばっている。貝類図鑑にある貝はほとんどあったんじゃないでしょうか。近所の子は柄のついた「磯籠(いそかご)」をみんな持っていてびっしり実の入った貝を獲ってくる。私も習って獲れるようになり、潮の満ち干も分かるようになりました。それはそれは楽しいものでした。

渚は「未生のものたちの世界」

久野　私は宇土の出身です。だから海はいつも意識にある。有明海です。といっても海は田んぼの二キロほど先にあり、毎朝、そっちの方角から魚売りのおばさんたちが「目籠（めご）」を担って売りに来るわけです。常日ごろ海を見ているわけではありませんが、いつも海は意識している、私の場合、あるのは想念の中の海ですが。

石牟礼　とんとん村には、そこに移る前から海を眺め下ろす丘にわが家の畑がありまして、母が農作業の途中でも海が潮どきになると「ビナ拾いに行こうか」と言いよりました。

干潟の砂の上には貝がいる印があります。土地の人たちは「いきり」と言うのです。いろんな貝が埋まっているのが「いきり」によって一目で分かるのです。マテガイなら目が二つ出たような穴があります。マテガイの「いきり」です。アカニシという巻き貝、アカニシは和名ですが、貝の口のところが赤いというか、朱（あけ）の色、オレンジ色をしているきれいな貝です。そこはちょっと砂がこんもりとしていてアカニシは蓋のある方を砂に向けて埋まっている。露出はしていないのです。

先隣の女の子が貝獲りの名人で、砂の上の「いきり」を見つけ、ひょいと足の親指で獲るのです。

能『不知火』の「創世の世のつぶら貝」とはアカニシとはちがう、まるいつぶらな大きな貝のことです。

私はなかなかうまくならなかった。ワタリガニの小さいのも石の下に隠れている。エビも小魚も数知れずちょっとした潮だまりにいますしね。貝類図鑑や魚類図鑑に出てくるおおかたのものは、クジラでもない限り、おびただしい生きものがいました。だから飽きないです。その生態というか、見て覚えましてて。

潮が引いた後もです。干潟に残って遊んでいる魚もいる。ハゼは足に上ってくるんです。また葦の葉っぱの上に登って目をきらきらさせている。ご覧になったことはありませんか。潮がまた満ちてくると、ハゼは上からジャンプする。上からジャンプするのは珍しくありませんが、ハゼが下からジャンプして葉に登るのには感心しよりました。

そこには気配というか、みしみしと、ほんとに聞こえるんですけど、微細な生きものたちの気配が。

小さな小指の先のようなカニたちがいてゾロゾロ行ったり来たり。かわいいですよね。春先になると海草がワーッと盛り上がってきて、その中にもたくさんの生きものたちが隠れている。

浜辺に立ちますと、目に見えるものもですが、目に見えないものたちの気配もいっぱいみちみちています。それらが混ざり合って浜辺は「生命たちの揺籃（ゆりかご）」というか、生まれたものものですが、未だ生まれない「未生のものたちの世界」でもあるように思います。子供でもそういう気がするんですよ。そしてそういう気配の中に自分が、その真ん中にではないですが、そのどこかに気配の一つとなって呼吸している自分もいる。そういう気配たちとの魂の交歓のような中で育ったというか、育ててもらったような気がします。

学校はチッソの隣の水俣第二小から第一小に転校したわけですが、学校が終わると水俣川の土手沿いに帰っていくわけです。海の潮が引き始めていると、カバンはそこらの萱の中に投げ込んでわが家には帰らず、渚の方に走って行きよりましたね。渚から招かれる。あの魅力。

久野　小学二年のころはいい時期ですよね。私も小学二年のとき、ひと夏だけ、昭和十九年のことですが、兄が小児結核になり、転地療養ということでしょうか、海辺の親戚の別荘にいたので四十日ほど海辺で過ごしたことがあります。

石牟礼　いまの子供たちはかわいそうですねえ。そういう遊びも知らないで。たしかに貧乏のどん底にあったと思いますが、没落感はあまりない。没落したご褒美に子供は天与の豊かさの中に連れて行かれたということでしょうか。天草生まれの両親も、祖父母もそうですが、磯辺の生活は嫌ではなかったのだと思います。

久野　隠坊さんとのつきあいはどうだったのでしょう。

石牟礼　直接つきあうという関係ではなく、見え隠れしてついていく関係ですね。毛皮を着ていて、なめしてない毛皮です。何の毛皮だったんでしょうかね、冬もそのなりのままでした。そしてその隠坊さんは「夜は徒然なかもんで、ホトケさんのカッポネ（ひざの骨）ば肴に、ラクガン（落雁）のようにかじりながら焼酎ば呑みおらす」「ふつうの人間とは違う」とうわさされていました。

いまは松くい虫にやられてしまいましたが、大きな松林があり、その中に原っぱがありまして、少しはおとろしかものですから、松の木の陰からじぃーっと見ておりました。ホトケさんを焼くための薪をカキーン、カキーンと割られるわけですが、その音が浜中に聞こえました。

そこらは野いちごがいっぱいあるところで、いちごをもらったりしました。ネコの子かなんかを見るような目つきをして「こら！　こまんか子！」と呼ばれます。いちごの枝を下げて、釣り餌のようにもろうてサーッと逃げてくる。「マッタロウさん（石牟礼さんの祖父）方の孫じゃね？」と尋ねられたりしました。町からそういう一家が窮迫して流れてきたといううわさがあっていたのでしょう。

久野　そこには小宇宙というか、小世界が出来上がっているような印象ですね。

石牟礼　あの香りというか、潮が満ちてくるときは空も海と一緒になって、なにか大宇宙に抱き取られるような感じがします。平和な豊かな気持ちになれます。それは小さな子供であっても感動します。

父のこと、母のこと

久野　能『不知火』を読んで思うのは、渚にはあの世とこの世の境という寓意もあるということですね。

石牟礼　はい。それでホトケさまを焼いた後のことですが、たまには遺族が探し当てて来るのでしょうが、骨は喉のところの骨はノドボトケといって大切にしますよね。頭蓋骨と手足の骨などあらましは持って帰っても全部は持って行けない。残りの灰は海辺に撒いて帰られる。そして「撒いた灰は潮がよかところに運んで行くとじゃろ。竜宮城にでも行くとかもしれん」とばあちゃんたちは言っていました。どなたとも知れん人たちの遺灰が竜宮城に行くとかもしれんと村の人たちは思っていましたね。実際、渚は、あの世とこの世の境とも言えますし、また渚は、潮が行ったり来たりする際ですよね。ある浄福を含んでいるのが渚でしょう。

あのあたりの貝類が豊富だったのは遺灰が撒かれたためなのかもしれませんね。（笑）火葬場はいまは山の方に移りました。

久野　能の中に出てくる夜光虫も見られたのですか。

石牟礼　父が「今夜は〈よぶり（夜の漁）〉に行くぞ」と言って火葬場の前の海に行くときはつい

て行くわけです。そのときはカーバイドの入ったランプを持っていきます。ヒューヒューとガスの噴き出る音がして、青白い炎が出ます。海の中で銛突きをするのですが、上げ潮にのってくる魚はチヌ、スズキ、ボラの子などです。潮は三メートルも進むと脛、膝、太もものところまできます。着物をたくし上げて入って行って水が太もものところまでくると「ついてくるな！」と親が言います。そこまで行くと自分の足が夜光虫まみれになりました。動くたびに夜光虫にまみれた自分の足がゆらゆらと揺れて見えます。夜光虫はびっしりいましたね。手を入れてかき混ぜると海の水がゆらゆらと光る。泳いでくる魚もくっきり光っていました。

久野　夜光虫というのは虫ですか。いまはどうなんでしょう。

石牟礼　微生物でしょう。びっしりついてくるんです。ああいうのを見ているから昔の人は竜宮城などを考え出したのではないでしょうか。緒方正人さんの話では、最近はずいぶんと薄くなっているそうです。いまの海は夜光虫なども殺しているんではないでしょうか。

久野　いまの話にも出てきましたが、ご家族の話を少し聞かせてください。今度の能『不知火』にもつながるかと思うのですが、石牟礼さんのお父さんは竜王、お母さんは海霊であり、生類の親というそんな父親像、母親像があるのではないかと。

石牟礼　そんなに直結しているわけではありませんが、あるべき父の姿としてですね、父もそういう傾向にありました。母はたしかに「慈愛の人」でしたね。草や虫に、万物に声をかける人でした。

また自分の子供たちだけでなく、周りの人にも同様のもの言いをする人でした。家は多くの人が寄ってくるところで、ばか話をしたり世間話をしてにぎやかでした。ただ、母はその中には混ざらない人で、少し離れたところでニコーっとして見ている人でした。いろんな人が来て、ときには悪口を声高に言い合うこともあるわけですが、そういうときは人が帰った後で「あんなに他人の悪口を言うもんじゃなかねぇ」とためいきをついたりしていました。

久野　石牟礼さんの作品世界、いわゆる「石牟礼ワールド」ではまず生類たちが登場します。しかしその生類たちはずっとそのまま幸せな状態が続くわけではない。その生類の対極にあるものとして人間が悪役として出てきますね。そのもとになる人のイメージについて何かあれば。

石牟礼　栄町にいたころ母は「あん人はどけだっか（毒猛々しい）！　あぎゃん言うもんじゃなか！」と言いよりました。父は喧嘩っ早い人でしたが、どけだかか人ではありませんでした。理を通す人、謹直な人ですね。ですからわが家でなってはならん人は「どけだっか人」ですね。「どけだかくない」人にならなければならないわけです。

久野　イメージがよく分かりました。次は「夢」について聞きたいのです。私は石牟礼さんの世界は夢の世界となんだか切っても切れない関係があるようにいつのころからか思っていまして。雑誌『暗河（くらごう）』に石牟礼さんは『夢日記』を連載しておられましたね。私も夢のことは好きで、何か書きたいと思っているのですが、難物でして。夢は理屈には合いませんが何だか本質を衝いているようなところがあります。

石牟礼　夢とは面白いものでー。夢とは自分の遺伝子が体験したこと、過去の体験と同時に未来に体験することも、夢占いという言葉もあるように、伝えているんではないでしょうか。友人が死ぬ以前に夢を見まして、それが（夢で）三回も当たりました。

久野　夢は創作の種になりますか。

石牟礼　夢を書きたいですね。どんどん夢を見るのですが、書くのがどんどん遅くなって。人類最後の発明ということで、夢を記憶する装置が開発できないものですかね、頭にテープを巻いて寝る。（笑）

久野　同じ夢を何度も見て、夢の中の地図が出来上がるということはありませんか。私にはその地図ができているのですが。それで『夢地図』という題で書きたいと二十年前から考えていますが、なかなか進みません。

石牟礼　はいはい、分かります。私の場合、夢の中に部落が出てくるのですが、現実の部落とは少し違っているんですね。道も草の色も同じで小さな泉があるはずのところが、夢では滔々と流れる源流だったりすることがあります。

久野　石牟礼さんの渚の世界についていえば、幼いころ見た風景には違いないが、それとは違う色合いが、夢の中の雰囲気みたいなものがかぶさっているような気がするのですが。夢と現実が重なり合ってそれでひとつの世界ができていくような。

石牟礼　部分的にはあります、あります。夢に加勢してもらうというか、そういうところがありますね。

久野　そうですか。石牟礼ワールドの秘密が少し分かったような気がします。

昔から「放浪願望」が……

久野　少し、能に関連する話を聞きたいと思います。世阿弥の『風姿花伝』を読まれた話です。水俣病の補償問題をめぐり、川本輝夫さんたち自主交渉派は「加害者と被害者が相対で解決するしかない」としてチッソとの直接交渉を求め、東京のチッソ本社前での座り込みに入ります。座り込みは一九七一年十二月から七三年七月まで続くのですが、その座り込みテントの中で石牟礼さんは『風姿花伝』を読まれたとのことですが。

石牟礼　小さいころ、家にはものもらいの人、たとえば巡礼の親子とか、お遍路さんたちがよく来られました。こちらは喜捨をするわけですが、それを持っていく役割は、母親が「こういうことは子供がせんばんと！　親がすれば気の毒しゃしなはる」と言いましてですね。お米なども持たせるわけですが、お米は皿に入れて渡しますね。するとそれを頭陀袋に入れられるわけですが、家の米櫃にも米があまり残っていないことがあり、木の米櫃の底を母がお皿でガリガリとこさぐ音が聞こえたりしました。わが家に炊く米も少ないのに差し上げてましたんですね。あの音は忘れられません。あれは強烈な体験としてあります。

冬場はこっちの手もかじかんでいます。相手が子供連れのときは相手も子供が受けるわけですが、同じ年ごろだと、つらいというか、羞かしいというか、目を合わせきらんで大変複雑な心境を一瞬にして味わうわけですが。あるときはお金を渡したりもするのですが、その際、渡すお金が地面に落ちたりすると相手もかがんで拾おうとする。こちらも拾おうとかがんでゴッツンコしたり。

そういう境涯はつらかろうと思うのですが、なぜか自分もそういうことになるのかもしれないと思っていました。乞食になって自分もどこかだれも知らないところに行くのではという哀しみのような、放浪願望というのでしょうか、昔からあるのですが、もう体力がないし、橋の下も寒いでしょうし、いまでは無理でしょう。でもそういう放浪願望を持つ人はいますよね。あれはなんでしょうね。歌人の仲間に話したところ、自殺した人ですが、「自分もある」と言っていました。

それで東京で地面に座ったとき、いよいよ私もほんとうに乞食になったか、と思いましたね。患者さんの付き添いで行ったのですが。東京のチッソ本社前で座り込みを始めたのはあれは十二月の七日でしたか八日でしたか。

久野　同じ郷土出身の高群逸枝の『娘巡礼記』などに影響された、というようなことはありませんか。

石牟礼　それはありませんね。逸枝さんの気持ちも後からは分かるんですが。あれは熊本市京町に一人で住んでいたころの話で、お金に困り、掛け布団を売ったので寝るときは敷き布団を体にぐるぐる巻き付けて寝るような生活になった。すると下宿先の桶屋さん夫婦の態度が急に冷たくなり、言葉づかいも変わって「こら、娘！」と言うようになり、客観的にも自分が貧しい境涯であることを身に染みて感じたという話です。『遍路行』です。

ところで乞食になるとはどういうことか。やっぱり東京で地べたに座ることを体験して初めて分かったような気がしました。地面にじかに座って寝るわけでしょう。寒いし、足は痛いし、第一、目線が人さまの膝から下にしか行かない。見上げるというか、膝から下の東京というのを体験するわけです。チッソの社員たちは苦々しい顔をして通り過ぎ、中にはツバを吐きかけていく人もいます。はあ、これはもう乞食ちゅうもんじゃなぁ、と思ったわけですが、愉快なものじゃありません、決して。

患者さんも一緒だし、患者さんの、まあ、疑似体験ではありますが、患者さんが落ちておられるところに自分も寄り添っているという実感を持つわけですが、これはもう、患者さんはきつかなぁ、と思いました。体は不自由だし、痛いし、冬は疼くでしょうし。

ただ若者たちも周りにはたくさんいて、そんなに孤独ではないんです。しかし、どうしても底の方では孤立感というか、やるせない。身の置きどころがないが、そこから逃げ出すわけにはいかない。所在ない、よるべない、「じゅつ（術＝すべ）なか」といいますか、それをひしひしと感じておりました。

自分がどうしておればいいのか、分からないんですね。徹底的に乞食になったわけではなく、なったばかりなので。座り方にしても体が日常ではない姿にならんといかんのに体も心もなじまないでいるんです。

それで座ったまんま道行く人に訴えるためのビラを膝の上でしきりに書いてました。書くとそれを若者たちがどこかで刷ってきて配ります。そんな中で「何か読もう」と思ったんでしょうかね、『風姿花伝』は、岩波文庫の薄いもので小さかったですから着ぶくれしているポケットに出し入れしやすかったし。それを人通りが絶えているときとか、目線のやり場がないような時とか、そういう時間は必ず訪れますから、そんなときに読んでいました。熟読なんてものではなく、ちょろちょろとび読みです。それでも教えられるところは大きかったですね。

患者の「言いえない思い」を

石牟礼　能を始めた世阿弥も最初は能舞台を持っているわけではなく、旅する人であり、また人さまからの志をいただいて生活する乞食のようなもので、かわらもの、河原乞食といった言葉もあり、流浪する人ですから少しはこちらと似ているのでは、と思いましたね。

世阿弥はそこから「花」という言葉を、身体表現として考えつめ、人間の言葉とかしぐさとかを、そこから立ち上がるとき、日常ではなく、変身した姿で、自分の思いを世の中に訴えるのに非日常的な姿をとって現れ直す。まあ、演じるということは究極的に考え詰めれば、演じる姿が花を感じさせるような演じ方があるんだなぁと思いました。

それとこちらの運動との関連ですね。座り込みもひとつの表現ですから。デモに行ったり、陳情に行ったりするんですが、学生運動がはなやかだった時代で左翼の人たちも入ってきていました。しかし、その人たちの使う言葉やデモの様式といったものがなじまないのですね。患者さんはあまりおっしゃりませんが、左翼の言葉や学生の言葉では患者さんたちの思いを言いえていない。気持ちは分かるんですけどね。

それでそういう運動のデモにしても何か街頭での、座っているこちらは地上ですから、「街頭の演劇」といいますか、当時はパフォーマンスという言葉もありましたが、日常を超えた演劇的な表現でこういう運動や状況を知らせることができないか、日常を超えた言葉によって訴えることはできないものだろうかとずっと思いよりました。

それでも水俣の患者さんたちを先頭にデモをすると東京の人たちは熱心に人垣をつくり、カンパは大変に集まりました。「黒い旗」を考え出したりもするのですが、新しい手法で「街頭劇」のようなものがつくれればいいなぁ、と一生懸命思っていました。

ふつうの言葉で言っても弱いんですよね、ああいう場合。ふつうの言葉でも結構、人の気持ちに届くようなところはあります。患者さんたちがぎりぎり考えつめて集会などでおっしゃる。少ない言葉で。言葉よりも表情をみなさんは見ているので訴える力はそれなりにあったと思うんですけどね、私はしきりに「史劇としての水俣病」なのだが、と考えていました。

久野　現実に運動が進行しているそのただ中でそういうことを考えておられたことに驚きます。底辺に降りていくというか、地べたに座ることを通じ、芸能の原点のようなところを考えられたわけですね。なんだか好運なぶつかり合いがあったように思えます。

石牟礼　それに患者さんたちは日常、役者ですよ。ホラ話を上手にする人を「あん人は役者じゃなぁ」「いまのホラは大きかったなぁ」とホラと知っていて聞き惚れ、「ウソ言わした」とは言いません。

「声音」は「言葉」になるか

久野　いまの話を聞いて思いますに、免疫学者で新作能の作者でもある多田富雄さんと会われたのはずっと後のことですね。

石牟礼　そうですね。

久野　以前に真宗寺で多田さんの話を聞いたことがありますが、それが面白くて手帳にメモしていたのですが、いまの石牟礼さんの話と何か響き合うものがあると思いました。手帳には多田さんの「能」についての発言として「能と科学は両極にある」とか、「死者の目でこの世を見ている」、「終わったあとで全体をみる」、「一瞬で世界が変わる」、「重力がない」といったことを書きつけています。

石牟礼　真宗寺でのお話は面白かったですね。人間学研究会の勉強会で先生の『免疫の意味論』も読みました。そんなに深く読んだわけではありませんが、これなら次には『生命の意味論』のようなものを書かれるに違いないと思っていましたが、書かれましたですね。

　最近の科学は人間の生身が考えた科学からいつのまにかヒトが切り離され、架空の論理に奔(はし)ってとてつもなく奇形化していると思っていたのですが、多田先生はそれを人間の生身が考える科学に引き戻されたような印象を持ちました。本当の意味で深遠というか、大変に勇気づけられました。

久野　私自身、気持ちが屈折していたのが体をじわーっと伸ばし、立ち上がって考えられる気がしました。私にとって真宗寺での話は目からウロコが落ちる思いがしました。あれは能のドラマツルギーが「死者の世界からこの世を見ている」「すべてが終わった時点から全経過を見ている」という指摘でした。

石牟礼　いま先生はご病気で、私はなんとか手は動きますが、手がご不自由で、さらに食べ物を直接、呑み込むことがおできにならない。水も呑み込めない。入ったら地獄の苦しみだそうです。そんな中で再び詩をつくり始められ、『多田富雄全詩集 歌占（うたうら）』を出されています。読みますと久野さんが言われたことを実証しておられますね。「一瞬で世界が変わる」とか「重力がない」とか。前もって言い当てておられるような。

私と本で対談をしたいとおっしゃって来られてますが、やってみたいと思う半面、こわい気もします。右手が片麻痺だとかで左手でパソコンを使い、文章を書いておられるそうです。頭の方は全然衰えていらっしゃらないですね。

久野　多田先生の話を聞いたとき、石牟礼さんの『天湖』にも何か能の手法を感じさせるものがあるように思ったことでしたが。

石牟礼　そうですか？　少しはありますかね、終わりに近いところで。村の年寄りたちが沈んだ村を呼び出そうとするとき、年寄りたちが集まって歩いてくるところがあります。自分がそうなって分かったのですが、年をとらないと分からないですが、山道を歩くとき「すり足」で行くところがあります。平坦な道ならともかく、行ったことのない山道はワシワシとは危なくて歩けないので落ち葉をかきわけるようにきわめて用心してソローっと行かんと行けません。あれは能のすり足でないとダメだと。

久野　そうですか。『天湖』では一回、村は沈んでしまうでしょう。沈ませないと分からない。沈ませて蘇らせて初めて分からせる。私はしごく単純に、そこに能の手法が使われているように感じたのですが。

石牟礼　まあ、私も単純なんですよ。（笑）

沈めてみないと分からない。俯瞰してみないと分かりません。と同時に先ほどの話で出たように、地上に座って膝くらいの視線から見ることがないと分かりません。全体は。いま藤原書店の雑誌『環』に『水村紀行』という題で俳句を二句ずつ出していますが、あれは「水の中の村」、つまり「天湖」のことで、いまだに『天湖』の続きをやっているわけです。

久野　能との関連ということでは渡辺京二さんも指摘しておられますね。[*1] ことに石牟礼さんの『おえん遊行』についてですが、「いちじるしく能に近いところ、浄瑠璃あるいは説教節に近いところがある」、「能では人物が舞いながら〈もの狂い〉していくわけですが、この〈もの狂い〉ということは『おえん遊行』のいちじるしい特色になっている」と。

石牟礼　まあ、鳥が盲目になったりするような世界ですからね。

それから裸足で歩くような人は、私はテレビで「ウルルン滞在記」というのをときどき見るのですが、タレントたちがどこか未開のところに出かけるという企画で、「ヤラセだ！」という人もいますが。未開の人たちの歩き方は山の中も全部、裸足で、街の人の歩き方とは違いますね。足の裏が靴になっているのでしょうが、足の裏にも目があるんでしょうね。足で考えるというか、全身の器官が不用心ではないですよね。ゆたーっと落ち着いているように見えて、きわめて敏捷です。そういう体の動きは文明国からきた若者の動きとはまるで違います。

久野　よくそこまで所作というか、見ておられますね。（笑）

詩人の大岡信さんは石牟礼さんの文章自体が能の言葉に近いと言っておられる。私もワークショップで石牟礼さんの文章を読ませてもらいましたが、読んでいくと調子が出てきて。何か独特のリズムがあっていい気持ちになりました。

石牟礼　ありがとうございます。（笑）

私は言葉ではなく、声音を表現したいんです。声のリズムといいますか。声音は言葉になるのだろうか、という思いが私にはあります。ことに『おえん遊行』ではそういう思いがありました。

それと能の言葉は独特で口語文ではない、「謡」のリズムにのせる必要があるんですね。七五調でないといけないと思われがちだが、そうではないのですね。能を書く上でただ一つだけ注文が付いたのは、「みなさん七五調だと思っていらっしゃるが、たいへん節がつけにくい」ということでした。

久野　七五調でなければ、何になるのですか。

石牟礼　さあ、私もいちいち数えて描いたわけでないので分からないのですが、部分的には五・

七・七もあるのでしょうが、五・七・七では類型化するというのか、面白くないということではないでしょうか。繰り返していると飽きがくるのでは。

私はたとえば短歌の朗詠といったことはあまり好きではありません。朗詠は聞いていてマンネリズムになるようなところがあります。

それはともかく、能が七五調ではないというのは驚きでした。

「能」が性に合っている

久野　石牟礼さんは音、音曲、声に対して特別の感受性を持っておられるような気がします。音楽は好きですか。

石牟礼　嫌いじゃないですね。これは能『不知火』での発見ですが、日本の音曲は基本的には太鼓、鼓、笛ですね。今回、太鼓は人間国宝の亀井忠雄さんが受け持たれ、地謡、これとは独立してシテがおられるわけですが、能の音曲が演奏されてみるとその調和していること、広がりのあることは大変な発見でした。

いまはオーケストラもありますし、オペラもあり、優れた歌手もいらっしゃって上手だなあと思うのですが、日本人の持っている器官にどこかしら一抹、なじまないところがあります。これからはもっと上手になっていくのでしょうが、私には能の音曲の方が遺伝的に性に合っています。そして歌舞伎よりも能が好きですが、やはり能がいちばん好もしいですね。『不知火』を歌舞伎や、あるいは近代劇でやってもうまくいかないでしょうし、ならないですよ。またそうしようとも思いませんでした。能だからうまくいったわけです。そのわけを言え、と言われるとむずかしいのですが。性に合ったとしか言いようがありません。

久野　石牟礼さんはもともとが演劇的であると思うのですが。いつも場面を持っているというか、それ以上に気というか、雰囲気、気配がありますね。

石牟礼　私自身が演劇的だとは思いません。気配を持っているというか、気配を引き連れているというか、気配の方が私を包み込んでいるのは事実です。

久野　石牟礼さんは文章は理屈だけではだめで、音楽や踊りも動員しないと、というようなことを言われていますね。

石牟礼　踊りというより舞いというか、かすかな身動きのようなものですね。くさばな（草花）が風によってそよいでいる、身動きするようなしぐさですね。それがあんまりはみ出すと、足を振り上げたりすると違和感を感じますね、落ち着かんですねぇ。二、三日前、テレビでロシアの若い男性が氷の上で踊っていましたが、西洋人には合うでしょうが、日本人がすると恥ずかしい。で渡辺京二さんに尋ねてみたんですよ。あれは一つの美の理想でしょうか？　であるとすれば、渡辺さんもしてみたいですか？　と。そしたら「するもんですか！」という返事でしたが。（笑）

久野　アイスケートのフィギュアのことですね。（笑）舞いということでは能『不知火』でシテを務められた梅若六郎さんのことをお尋ねしたいのですが。石牟礼さんは梅若六郎さんの演技を「煙が立ちのぼるような」と表現されていますが、石牟礼さんの「梅若六郎論」を。

石牟礼　六郎さんは「夢ならぬうつつの渚に、海底より参り候」と言いながら登場されるわけですが、花を感じますねぇ。これは梅若さんだからだろうと思います。能装束をつけたときと、それをはずされているときとはまるで違います。舞台の姿は「煙のような」印象があります。立たれた瞬間にその神髄を全部、表現されるといいますか。能の伝統のすごさを感じます。体形はふくよかなのに「煙のような」とはどういうことか、と言われるかもしれませんが、絶えていたものを復活された『逢阪物狂』で六郎さんを初めて見たとき、そう感じたんです。「煙がきて舞っているような」ものをですね。そういうものを生身で体現できるのは理屈ではなく、能の伝統というか血でしょうか。言葉で表現するのはむずかしいですね。

「山海経」の世界へ

久野　続いて怪神の「夔（き）」のことです。どういう考えで登場させられたのか。さらに舞台に登場した夔は作者からみてどうでしたか。

石牟礼　白川静先生の本を読んだのがヒントになりました。中国の古典ですけれど、「山海経（せんがいきょう）」にあるのです。山海経には、元の神話に再生できない、神話のかけらが集められているそうですが、夔に関心を持ったのは、それが蒼い顔をしていて木や石が化けたものであるという点でした。木や石も化けるのか？　と。次いで歌舞音曲の始祖であるということですね。その皮をとって太鼓にすると四百里四方に聞こえるとか、叩けば百獣が舞い出てくるとか、いかにも歌舞音曲の神さまですよね。

文明の行く末を考えると、いまは人殺しの文明になってきています。もっとひどいことになるのでは、水俣だけでなく。

この文明を存在丸ごと蘇らせると言ったってですねぇ。他人がやってくれると思わないで、おのおのが取り組まねばならない命題ですが、しかし、そのためにはただならぬ力がいる。人間にはできないだろう。そう永年、思ってました。破天荒なエネルギーがいるなぁ、と。

そういう破天荒なエネルギーを持った神さま、蒼い顔をして一本足で立っていろんなことをする神さま、百獣が、森や海やらこの世のすみずみから舞い出てくるという歌舞音曲を司る夔のような神さまは日本にはいないですね。

能はいいなあ、と思ったのは自由であることです。私の想像力を駆使できるのですから。隠坊が末世に現れる菩薩であったり、歌舞音曲の神さまである夔を古代中国から時空を超えて呼びよせることができるのですから。で、ああこれこれ、と。夔にはなんだか親しいものを感じていまして。古代中国から恋路島へ飛んできてもらうのです。

久野　それで舞台に現れた夔はいかがでしたか。石を叩きながら出てきましたが。

石牟礼　太鼓と鼓と笛とで見事でした。百獣が舞い踊るかどうかはしれませんが。石を撃ち鳴らすというのは山海経にもあるわけですが、楽器とはほど遠い石。しかも「臭ひ濃き磯の石」。つまり水俣湾の水銀まみれの石のことですからね。

舞台に使われた石は「名石」だとかで、稽古のときのことですが、石を撃ち合わせると火花が飛び散っていました。剛壮で神秘な感じがよく出てました。

記録し、また、記憶すべきこと

久野　能『不知火』と水俣病とは切り離せないことだと思うのですが、個人的なことを話すと、私が記者として水俣病と初めて出会ったのは昭和三十七（一九六二）年に胎児性患者が問題になったころです。あのころ石牟礼さんに何度か患者さんの家に連れていってもらいました。石牟礼さんに「友だちです」と紹介してもらい、後ろで黙って話を聞いていました。あのときのことはいまも忘れられませんが、石牟礼さんにとって水俣病の体験はどう受け止めていられるのか。

石牟礼　生命、生存の否定というか、対応の仕方がですね。被害民に対して。

この社会に対して正面からもの言わない、言っても通じない、言ってもすれ違うような言語世界、生活の形もそうですし、そういう人間関係になっている。まあ近代というのがそこにあるわけですけど、人間をまるまる無視し、疎外していく。そういう社会のありかたにほとんどなっていく。それが高度成長期になるといよいよ露骨になるのですが、そういう人々の存在を否定していく文明のあり方に対し、どういうものいいをしたらいいのか。患者さんから頼まれたわけじゃない。存在の否定といいますか、ずうっと最初から私がつき動かされているのはそこでして、その点は変わりません。

しかし、どういうものいいをしたらよいのか。容易なことでは届かないと思っていました。より大衆的な層に届けるにはどうしたらいいか、どういう言葉がいいのか、と。

緒方正人さんが言われるように、組織化されたところ、システム化されたところにはどんなに言っても、どんな言葉でも届かないんですよ。

文学なんて大体、そういうところと無縁の地点から始まり、無縁のままでもいいんでしょう？　で、文学者とはなんだろうとずうっと思ってきました。しかし、まあ文学に携わっているわけなんですが。存在にかかわる者として。

演劇ならふつうの人に届くのかもしれないと思ってました。先ほども言いましたが。

患者さんが求めておられるのはふつうの人間のきずな、機縁を求めておられる。私も機縁に恵まれたんですね。地上的な一切の、極相の中で。ですから水俣のことも含めて書かねばと思いました。

久野　私が最初に出会った水俣病の患者さんは胎児性の人たちでしたからその衝撃は大きかったですね。そして能『不知火』にはその胎児性のイメージが繰り返し出てくるように思えます。能では不知火、常若の姉弟が毒をさらえて果てていくわけですが、それは胎児性の子供が体内で母親の毒をさらえていくことの裏返しであると思われます。

石牟礼　いやも応もいわせずにあの人たちに全部、凝縮しています。存在を無視してというか、存在を踏みしだかれる。踏みしだかれる前途しかないわけですが、あの人たちはそれに甘んじているわけではない。

あの思い詰めた心情、目つきで訴えている姿は、人間のすべての罪を問われているわけです。私たちは問いかけられているわけですが、それにどう答えるか。答えねばならない。

取り戻せないですからねぇ、体は。有機水銀に侵されると何かしようとすると体が震える「企図(きと)

震顫（しんせん）」という障害が出てくるのですが、しかし、人間の情緒面、思考面は幸か不幸か侵されていない。みんな魂の深い人たちです。ことに胎児性は。五体満足の人間はそれに答えなければならない。それに答えなければ人間はだめです。その問いが分からなくなったら世の中はおしまいです。だから能『不知火』では魂の深い胎児性の人たちのことを受けて不知火の姿を限りなく美しいものにしたのです。登場人物はみんな美しく書きました。

久野　水俣病患者の世界を高貴なもの、崇高なものととらえて書くところに石牟礼さんならではの視点があるように思えるのですが。

石牟礼　いや、実際、崇高ですもの。生きる姿、その言葉が。いま私たちは文明の最後の世紀、あるいは最後の世界にいるのかもしれないと仮定するにしても、ああいう人たちがいた、人間の中にいた、深い受難の中で、ということは記録しておかねばならない。記憶するに値すると思います。人間はこれほど崇高なところに立つことができるという。

それをこういう絶望的な状況の中でしか言えないことがつらいのですが。

久野　いま言われたことを一枚の絵のようにしたのが石牟礼さんが以前に朗読された『後生の桜』[*2]の一場面でしょうか。

石牟礼　あの個所は一生懸命書きました。美しゅうせずにおくものか！　と思って書きました。たまたまご縁があって、坂本家とは束の間の縁ですが、私にとっては時間的には束の間とはいいながら、そこには永遠なる世界に結像するものがあります。

ここまで人間が絶望的な状況に陥った時代はないのではないでしょうか。全体が崩壊しつつあるのをうつつに見ている。どの層にわたっても「これからどういう世の中になるのか」と皆さんがおっしゃっています。

久野　いま藤原書店から『石牟礼道子全集 不知火』（全十七巻・別巻一）が刊行中ですが、やり残したことはございますか。

石牟礼　ひたすらありがたいことですが、むだなことを言っているところも随分ありはしないか。できればみんな書き直したい。（笑）ただ、先にも申しましたが、時代の声音を言葉にできればいいのですが。いまはけたたましい世の中で車の轟音で朝が明けます。各個人も声を大きくしないと伝わらない時代ですが、もっとかそかな、あえかな言葉で、ですね。

「ネアンデルタール人が生きた時代は言葉のない、静かな時代だった」と白川静先生は言っておられます。その時代に帰れればいいのですが。

久野　きょうは重たいテーマを楽しく話していただきました。ありがとうございました。

〈『道標』八号掲載〉

*1 『不知火——石牟礼道子のコスモロジー』(藤原書店)の「石牟礼道子の時空 〈あやとりの記〉、〈おえん遊行〉を読む　渡辺京二」の一九五頁、「救済を求める現代の悲歌」を参照のこと。

*2 『苦海浄土』第二部『後生の桜』。

狂言『なごりが原』をめぐって

日時　二〇〇七年四月十九日
場所　人間学研究会
聞き手　木下優子／馬場純二／河原畑廣

――狂言『なごりが原』の舞台は「大回り(うまわ)のなごりが原」と書かれています。この「大回り」は『あやとりの記』『椿の海の記』に出てくる「大廻(うまわ)りの塘(とも)」のことですね。「大廻りの塘にある〈なごりが原〉」が狂言の舞台なわけですが、「大廻りの塘」の話はこの一月、水俣病公式確認五〇年事業委員会が主催した水俣曼荼羅話会「未来への提言」の第二部「水俣が人類に発しているもの」でもされました。「大廻りの塘」に石牟礼さんは格別の思いがあるようですね。現在の水俣の地図には地名としての「大廻りの塘」はありませんが、明治三十四年の地図、これは石牟礼さんも参加された不知火海総合調査団の報告書『水俣の啓示』（色川大吉編、筑摩書房）の下巻に載っているものですが、水俣川河口左岸側の大きくうねった部分に「大廻りの塘」という表記があります。

石牟礼　（地図を見て）そう、ここなんですよ。塘は大きく海に張り出していましてね……。塘の石積みはいまみたいに垂直な石垣ではなく、緩やかに傾斜していましてこどもたちは立ったまま塘に昇ったり降りたりできました。塘には杭が打たれ、舟が繋がれていました。また塘のこちら側、陸地の方はススキがうねうねと続く道がありました。相当に大きな塘だったわけです。「大廻りの塘」がいつできたのか、水俣市史を見れば分かるはずですが……。[*1]

いまは埋め立てられてしまっているので「大廻りの塘」の話をしていてわれながらなんだか架空の話をしているんじゃなかろうか、と思ってしまうんですね。チッソのカーバイド残滓によって埋め立てられてしまったのですが、いまでも海の上から見ると、埋め立てはそんなに上手にされたわけではないので青白いカーバイドの残滓が染み出し、潮が引くとそれが露出して見えます。

昔の地図と今の地図とを重ね合わせれば埋め立てによって陸地がどのくらい海の方にせりだして行ったか、どれだけ膨大な量のチッソのカーバイド残滓が埋め立てに使われたか、その量も計算できると思います。

その「大廻りの塘」ですが、私の家があった栄町通りは道を挟んで両脇にいろんな店が建ち並んでいましたが、当時は道だけが街で、裏は田んぼでした。その道づたいに「大廻りの塘」の方へ行くと塩竈神社があり、その先には丸島の海水浴場があり、ここらを行ったり来たりして遊んでいました。いま考えると家からとてつもなく遠いところまでよく遊びに行っていたものだと思いますが、こどもたちはそういうものなんですね。親たちが知らないだけで……。

畑に来て魚を捕まえる

石牟礼　「塩浜」というところがあり、畑がありました。カライモをつくったりしていましたが、「塩浜」の地名通り塩分が強いためか、おとなたちは「甘みが足りんで、うもなかげな」とか「塩浜カライモは豚のエサ」などと言っておりました。私の家も少しばかり畑をつくっていました。場所は丸島寄りのところです。ここは水門があり、潮の出入りを調節していたのですが、潮が満ちてくると水門からボラが遊水池みたいなところに入ってくるのです。叔母と畑に行っていたのですが、叔母は畑仕事はうっちゃっといてボラを捕ろうとします。素手ではボラは捕まえにくいのでそこに生えているアオノリの長いのを手に巻き付け、ボラを手づかみするのです。こうすると魚を捕らえてもヌルヌルせず、魚に逃げられない。叔母は「道子！（遊水池に）入ってけ！」と呼ぶのですが、私は水が怖くて行きませんでした。叔母は畑に来て魚を捕って帰ったわけです。（笑）

――これはDVD『海霊の宮――石牟礼道子の世界』（藤原書店）に付いていたものですが、石牟礼さん手書きの地図です。「昭和十年ごろまでの記憶図」とあり、「大廻りの塘」はもちろん、栄町通り沿いの家々も詳細です。石牟礼さんの家は「石屋（わたしの家）」と注記されています。国道三号線沿いには「谷川眼科」があり、こちらは「健一先生、雁さん、道雄さん、公彦さん」という注記があります。

石牟礼　地図にある水俣第二小学校の前に「文具店」とありますね。ここの同級生に先日、七十年ぶりに会いました。この道を通って「大廻りの塘」へ行きよりました。「魚市場」は書いてありますか？　この地図は正しく書いてありますか？（笑）

「亀の首（ガメんくび）」というところがありまして、夏はそこまで泳ぎに行き、海に浸かっていました。いっぺんはそこで溺れかかり、どこかの青年が助けてくれました。

――自分の身代わりに片手のもげた「紅太郎人形」を流した小川はどこでしょうか？[*2]

石牟礼　あれは古賀町の田んぼの中を流れている小川です。梅雨時には氾濫するんです。まあ、自分も流れたってですもん。昔のこどもは何度も流されてますよ。親には黙っているだけで……。[*3]

――今回は狂言という形式で『なごりが原』を書かれたわけですが、その前は新作能『不知火』でした。能、そして狂言なわけですが、意図されるものがあるのでしょうか。それと狂言にはキツネがつきものですが、私には石牟礼さんの絵本『みなまた 海のこえ』（丸木俊、位里・絵、小峰書店）に出てくる、しゅうりりえんえんのキツネのイメージが強烈なのですが、今回のキツネの草比古、虫比古とはどういう関係にあるのか、ないのかと思ったりしているのですが……。

石牟礼　キツネが好きなんですね。あるいは「大廻りの塘」への思い入れでしょうか。どういうわけかこの「大廻りの塘」が好きで、こどものころはいつの間にやら行っていたんです。

――そこにはキツネがたくさんいたんでしょうか？　何歳くらいのときですか？

石牟礼　四、五歳くらいでしたか……。「大廻りの塘」でキツネはそんなに見たことはありません。シッポくらいは見たように思いますが、はたしてあれはキツネのシッポであったかどうか……。

「大廻りの塘」のキツネの話はこれより後、私の家が栄町通りから水俣川の対岸（右岸側）へ転宅してからがいろいろと聞かされました。そこは家が三軒あるだけの集落で「とんとん村」と呼ばれていました。栄町の隣近所の人たちが「（お宅は）どこに行きなはったか？」と尋ね、親たちが「とんとん村」と答えると、「まあ、〈とんとん〉になぁ」とおっしゃるわけですが、その「〈とんとん〉になぁ」という言葉にはこども心にもなんだかいわくありげな響きがありました。[*4]

キツネ、ムマ、ガゴ……

石牟礼　「とんとん」の近所は二軒でしたが、その先には七、八軒の家があり（そこは私の現在の家がある猿郷（さるごう）という集落ですが）、町から引っ越してきたわが家は珍しい存在でした。そして家を訪ねて来られた方には焼酎でもてなすものですから毎晩のように近所の方が遊びに見えました。おじいさん、おばあさんがほとんどなわけですが、この方たちが話されるのがもっぱら「大廻りの塘」

に出没する「キツネ」の話であり、「ムマ」の話であり、いわゆる「ガゴ」などさまざまな妖怪たちの話でした。「あそこにはガゴの出てくっとぞ！」とか言われるんですよ。最初のうち、「ムマ」って何だろうと思いましたね。後におとなになってからあれは「夢魔」って書くのだろうかと思ったりしましたが……。

いろんな妖怪たちの中でいちばん親しみをもって話されるのはやはりキツネのことです。おじいさんたちによると、キツネたちも人間同様、住んでいるところで言葉が違うそうで、猿郷のキツネは猿郷弁をしゃべり、顔はネコのように小さくて上品とか……。

狂言の話ですが、人間の世界の話ばっかりじゃ面白くないでしょう。人間の世界を考え詰めれば近代ですけど……。それは水俣病にぶつかりますよね。近代ということを考えると分からんようになるんです。そこで人間をとらえようとすると面白くないし、理屈を言わないといかんようになる。それよりもスルーっと、存在というのが人間よりも分かりやすいキツネなんかを扱った方が話はすっきりするし……。狂言は能の間に演じられるそうですね。能『不知火』を書きましてあとから勉強して知ったのですが、能の登場人物というか主人公はいずれも「この世ならぬ人たち」、幽霊ですね。ですから能のセリフにはどこか息をウーッとうつ詰めてないといかんところがあります。ですから書く方も息を詰め、一息で書かねばならない、と私はそう思って書いたわけですね。

そしてフーッと息をついたときに考えたのがもう一つの能、つまり狂言なのです。こちらはいくらか安らかに息がつけるセリフによって芝居を持続していきます。また狂言と能は通常、合わせて上演されるものなんですね。それくらいは意識して今回の狂言を書きました。狂言とは「間で息をつく」こと。ですから狂言は演じる人も観る人も楽しむように作者も楽しまないと！　と思って書きました。

「とんとん」で聞いたキツネをはじめとする妖怪たちの話ですが、話はこども向けにされたのではありません。おとなたち同士の話です。こどもはひと言もそこに口をはさむことはありません。私はそれをひたすら聞いていただけです。

妖怪たちの間では人間と同様、大小さまざまな祭りがあるとか、キツネたちが相撲をとった後はススキがあちこち折り敷くように倒れているから分かるとか……。人間がキツネに化かされた話もいろいろあります。それをしんから目を据えて話される。ホラ話と分かっていてもホントと思いたいのですね。話が終わった後、互いに「今夜の話はようできとったぞ！」とかなんとか言っておられる。あれは芸ですね。芸を競っておられる。

有名なキツネには「スグリワラ」という名前を持つものもいます。いつもはいたずら好きのキツネですが、農家が病人を抱えたりして困っていると、ワラを選りすぐる手伝いをしてくれる。妖怪にはその土地の名前を持つ「多々良のタゼ」とか「茂田んのモゼ」もいます。「大廻りの塘」にはさまざまな「もののけ」が登場する舞台です。だれも見たことはないが、だれもが知っている。

想像するだけで「大廻りの塘」がにぎわっていることが分かります。そのにぎわっている一端を狂言に託してみようとしたのです。絵本『みなまた 海のこえ』にも少しはそのにぎわいを出したつもりでした。

おとなたちは話をしたあと、「今夜はご馳走じゃった」と言って帰って行かれます。私もご馳走がつくりたかったのです。

「大廻りの塘」を歩いて行くと潮風と土手の上にあるススキの擦すれる香りがからだをフワーッと包みます。とても安心だというか、そんな気持ちがして、「いろんなもの（妖怪）が出てくるとよかばってん」と思いながら歩いていました。

「踊り神さん」もおられました

――石牟礼さんから「とんとん」での夜話の模様を聞いているとキツネたちも人間に化けてそこにいたのではないかと思えてきます。

石牟礼　都会に行けば都会の文化があり、たとえば寄席があって名人たちが語ってくれるわけですが、地方には地方の、ですね、たのしみがあって、そういう場では興がのるとすぐに踊り出す「踊り神さん」と呼ばれるおばさんもいました。そんなに長く踊るわけではなく、ちょっと立って踊られるだけですが……。いろんな祭りがあり、小さな山の神さんの「掃除の日」には掃除の仕上げがあり、祭りの日はご馳走をつくって持って行く。雨乞いのときもそうですが、おばあちゃんたちがお化粧して……。鼻筋に縦にまっすぐおしろいを引き、ほっぺはまん丸の日の丸ほお紅。それに赤い腰巻きをわざと出し、花結びといって桃色や水色とかいろんな色の真新しい布（きれ）を買ってきたのを後ろで結ぶ。三味線を弾くおばさんもいて道行き三味線といって弾きながら町を行き、家々の前で歌って踊って「おひねり」をいただく。にぎやかでした。

きのう（四月十八日）は八幡さまの祭りの日でしたね。「大廻りの塘」の端には八幡さまがあり、相撲の興行もありました。私の家も桟敷を持っていて、お客を呼ぶのです。天草からは舟を仕立てて来られます。祭りの前日から来る人たちもいて、気の早い人は舟の上から太鼓を叩いています。その舟は「大廻りの塘」に繋ぎます。八幡さまの祭りの料理には「つわぶき・たけのこ・わらび」は欠かせません。気候が気候ですから早くつくればねまりやすい。八幡さまの祭りの一週間くらい前になるとみんなもう上の空なんです。

――私の郷里・天草でも八幡さんの祭りはにぎやかでした。こどものころ、あの太鼓の音が聞こえてくるとドキドキするんです。男たちは踊りながら太鼓を叩き、ワラジばきの足を土俵入りのように高々と上げ、大地を踏みしめる。

石牟礼　あなたは天草のどこですか。

――天草・高浜です。

石牟礼　雨乞いのときの太鼓も記憶に残っています。小学校に入る前のことですが、山々から雨乞いの行列が下りてきます。男たちが化粧しています。男たちの背中で花結びしたタスキの色は集落ごとに違いました。行列は栄町を通り、「大廻りの塘」を過ぎ、「亀の首」の浜辺に行くのです。男たちの息づかいが聞こえます。疲れているんでしょうが一種の神がかり状態で目が据わっている。古川古松軒の『西遊雑記』は水俣の雨乞いの模様を伝えていますが、私が見たのもそっくりそのままでした。馬の上に姫人形を乗せていました。姫人形は海に沈められるんです。よほど日照りがひどかったのでしょう。あれは人身御供のなごりですね[*5]。

――狂言『なごりが原』に戻るとキツネの化けている草比古、虫比古の正体が分かっても人間の笛万呂との関係は変わりませんね。そこが面白い。

石牟礼　「大廻りの塘」の話をしてくれた隣のおじさんじゃありませんが、キツネに会っても「お前どんも来たかい?」と言って別段、騒ぐ気配はない。関係が壊れることはないのです。

むずかしく考えないで楽しんで下さい

――キツネの草比古は笛万呂の「影身」という設定ですね。笛万呂とのやりとりが軽妙です。

石牟礼　「影身」の設定ですからキツネであっても人間の苦悩を「ちっとは知っとるじゃろ?」と笛万呂に尋ねられて「ちっとは知っとる。ようとは知らん」というあたりですか?（笑）

――そうですね。楽しく読めるのですが、人間である笛万呂とはいかなる存在なのか、どう捉えたらいいのか。どういう狙いが込められているのか、真面目に考えるとむずかしくなります。笛万呂には当然、石牟礼さんのなんらかの投影があるのではないか。そこまできちんと読み解きたいと思うのですが……。

石牟礼　あまりむずかしくならぬよう、つきつめて考えると哲学臭くなりかねないので、そうならないように気をつけ、軽く、いなしていく、というか、そういうつもりで書いたのです。むずかしく考えないで楽しんでいただけるのが一番です。

――最後に草比古が「われらが眷属（けんぞく）の影の者ども、総出してお迎えせよ」と言うと櫛稲田媛（くしなだひめ）が登場します。そして地謡が始まる。「遠き世の潮のめぐみの寄る波に／久遠の時を帰りきて／……いのちの花の一輪を／たてまつらんとねがうなり」で終わるわけです。これは「間狂言」であり、これから本番が始まる、と受け取ることも可能だと思うのですが、なんといっても最後の「謡」の言葉が圧倒的です。

石牟礼　最後の謡は、短くてもいいからその舞台を丸抱えするような場面になればと思って書いています。うまくいったかどうかは分かりません。狂言も能もあまり知識があるわけではありませんし……。能『不知火』を書いて少しは分かってきたのでしょうか。能『不知火』について多田富雄先生からは「能の約束ごとをほとんど無視して書いてますね」と冷やかされました。でも白川静先生には「新作能の中では大変な傑作」とほめられました。ほめられるとうれしいですね。（笑）

能の舞台は二遍しか観たことはありません。ただ世阿弥の本は以前、水俣病の患者さんたちとチッソに直接交渉を求め、本社前に座り込んだときから読み始め、表現するということについてすごいことが書いてあると思いました。

近代とは何かをずっと考えてきました。表現の分野も含めて、です。それで思うのは、近代に入り、言葉から、言葉の内部から壊れてきたと……。ちいさいころ隣のおじさんたちの語りは「生み出す世界」だったのです。いまは「生み出さない世界」ではないか。*6

白川静先生のお仕事を見ていますと、漢字の世界の話ですが、漢字が生まれた初発の衝動は、漢字は神さまに訴えるためのもの、神と対話するためのものだったと思われます。ですから漢字を使っている限りは上古の世界との応答が現在でも成立する。応答する中でものを考えてきた。日本の文化も古代との行き交いがズーッとあって来たのに近代はそれを壊してきた。「情報の世界」になってきたのでしょう。ある意味では「情報の世界」も必要でしょう。しかし、「情報の世界」だけでは水俣病のこと、水俣病の患者さんたちに代表される日本人の心情は伝わらなくなる。単なる「情報の世界」だけでは心情というか、「精霊たちの世界」は滅びる。忘れられてしまう。肉声というか、心の声が残ることを考えないといけないと思います。

――それは言葉や声がいまや単なる記号となってしまい、人と神の世界とのつながりが消失しつつあるということでしょうか……。

精霊たちのいる風土こそ……

石牟礼　田舎は文化果つるところと思われて来ましたが、その田舎から見ているといまの文化は、知っていること、体験したこと、学んだことを限りなく消費していくだけのようです。そうではなくて生み出していくこと、また伝統を継いでいくことが大切だと思います。伝統も形骸化してしまってはなりませんが……。

もう一度、風土が呼吸するというか、呼吸する風土、歌っている風土、生命たちを舞わせている風土、人間という風土、人間が風土にならなければだめだと思う。「精霊」という言葉は古いかもしれませんが、人間が精霊に変身する世界がなくなれば生命が絶えるというか、世界は消滅する。ただ、田舎にはまだ精霊に人間が変身する世界が残っている。宮崎・椎葉村に神楽を見に行ったときのこと。小さな細い山道に沿って点々と御幣が立っているのです。隣は何里先にあるか分かりませんが、ずっと御幣が立っています。「神さまの通られる道」なわけです。これは目に見えるものですが、もうひとつその奥には見えないものがあり、地域の人たちはそれを信じ、共有しているのです。こういうところがある限り、まだ大丈夫という気はするのですが……。

キツネが好きだといいましたが、キツネは人間と神さまの間を取り持つというか、仲介する存在だと思うのです。ヒトが直接、神さまに呼びかけるのは少し恐れ多いからですね。都会の人は半ばあきれたように「石牟礼さんはまだ〈たましい〉を信じているのですか」と訊ねるのですが、私は信じています。そして「大廻りの塘」は私にとっての「存在の原野」なのです。

——石牟礼さんの『あやとりの記』『椿の海の記』など「大廻りの塘」を舞台にした作品を読んで思うのは、どうすればこのような感性は生まれてくるのだろうということです。全集『あやとりの記』の解説で鶴見俊輔氏は「私たちの間にいる古代人」の題で、あの感性はお年寄りと暮らすことによって培われたものだと言われますが……。[*7]

石牟礼 それはあるかと思います。私は古代人かもしれませんね。（笑）それとわが家が道をつくる家だったことなど、さまざまなことがない合わさってるんでしょう。私の家は道をつくっていって破産したのですが、親たちは「あそこん山ば道に喰わせてしもうた」「あそこん山も喰わせてしもうた」「とうとう山はいっちょんなかごつなった」などと話していました。幼いものですからなんのことか分からず、道というのはその先っぽに蛇みたいな鎌首があり、次から次に山を食べてしまうようで「おそろしかねぇ」と思っていました。その道がとうとう日本という国を食べてしまい、道の残骸が何階建てというビルを従えて列島を瓦礫にしてしもうたのではないでしょうかね。

「大廻りの塘」の周辺は遠浅の海でアサリ、ハマグリ、少し深く掘ればマテガイなど、貝類図鑑にある貝なら全部あるような実に豊かな海でした。女籠(めご)はすぐ一杯になり、中で貝が擦れ合ってギシギシいうくらい採って帰りました。

でもあの「大廻りの塘」になんで遊びに行きよったのでしょうか。私自身、不思議なのです。まだ小学校にも行かん小さな少女が友だちと行くわけじゃなし、ただひとりで何度となく行く……。何かに呼ばれて行ったんでしょうね。神さまの引き合わせというか、あそこが後年、チッソのカーバイド残滓によって埋められる運命にあったからか……。それを予告していたのだろうか。

「大廻りの塘」は生き埋めになっている。まだ死んではいません。生き埋めになっている「もののけ」たちをなんとか掻き出してやりたい。まだ間に合うと私は思います。

〈『道標』一七号掲載〉

*1 水俣市丸島町二丁目の丸山北端を基点に、海辺を大きく弓なりに迂回するようにして干拓地の堤防は古賀町二丁目一一番地先に至っている。この塘はいまから二百年ほどの昔、藩財政を豊かにするための塩田構築に伴って造られたもので、西北の嵐から塩田を護り抱くようにして築かれた。以来百四十年余、干拓地は塩田として良質の塩を生産、水俣の一大産業として村々を潤してきたが、明治四十三（一九一〇）年、塩田が廃止され、耕地へと変わった。〔中略〕戦後、昭和の中ごろから耕地も住宅地にさまがわりして現在はその大半が住居地となり、人が住むようになった。また大廻りの塘の海岸地先も埋め立て拡張され、工場などが建設されて内陸部の感があり、葭（ヨシ）が植生する船溜りの湖だけが往年を偲ばせる。（『水俣市史』民俗・人物編、一九九七年）

*2 『石牟礼道子全集 不知火』（藤原書店）第七巻『あやとりの記』第五章「ひかり川」

*3 『石牟礼道子全集』第四巻『椿の海の記』第九章「出水」

*4 地名の由来は、昔、この地に天草から移住してきた兄弟がいて、弟が牛馬の皮で手すさびのおりに太鼓を作り、試し打ちに叩く「トン、トン、トン」の音が山々にこだましていたことから誰いうとなく「とんとん」の名が付いたのだという。（『水俣市史』民俗・人物編）

*5 古川古松軒（一七二六―一八〇七）江戸時代の地図学者。天明三（一七八三）年に島津領から袋御番所を経て肥後に入った。彼が肥後に来た年の前後は気候不順で干ばつ、水害、台風、病虫害の発生など天災が続き、今でも「天明の飢饉」と呼ばれる最悪の時代であった。彼は肥後領に対し、厳しい政治批判を試みた。『西遊雑記』はその記録。（『水俣市史』）

*6 一九七一年十二月、故・川本輝夫さんたちが水俣病の原因企業、チッソに対し、その責任を問うため直接交渉を求めたが拒否され、本社前での座り込みが始まった。そのとき読んだのは岩波文庫の『風姿花伝』。座り込みは翌年七月まで続いた。

*7 『あやとりの記』や『椿の海の記』のような同時代の記述は、どうしてできるのか。それは著者が幼いときから年寄

りとともに育ったからではないか。戦後六十年の今のように、幼い子が老人と離ればなれに暮らすということになると、時代をさかのぼる力はますます日本の現代人から離れてゆくのではないか。（『石牟礼道子全集』第七巻）

あとがき

この一冊は石牟礼道子資料保存会の作業の中から生まれた。石牟礼は生涯二百冊近いノート・手帖を残しており、そのノート中には感想・小説・詩・短歌・俳句が、未完成のものも含めて多数収録されている。また、手製の小冊子の形をとったもの、原稿用紙を綴じ合わせたものもある。そのうち、かなりを季刊誌『道標』に「石牟礼道子資料」として掲載して来たし、また雑誌『アルテリ』にもいくらかを掲載した。

『道標』『アルテリ』掲載分も含め、この度ノート・草稿より拾った遺文集というべき一冊を編むことにした。ただし詩は『石牟礼道子全詩集』(完全版、石風社、近刊予定)、短歌は『石牟礼道子全歌集 海と空のあいだに』(弦書房、二〇一九年一〇月刊)、俳句は『色のない虹』(弦書房、近刊予定)に譲り、散文のみ収録した。ノートには日記も記されているが、それは新潮社より別途刊行される予定である。

四章に分ったが、第一章は一九四六、四七年、第二章は一九五〇年代、六〇年代、第三章は一九七〇年代、八〇年代、第四章は二〇〇〇年以降と、執筆時期によって区分した。

私は故人の著作出版にずっと事務的に関わってきたが、これが最後の関わりと思えば感慨なしとしない。私が故人にしてあげられるのはここまでである。こういう編集作業は以前は何の苦もなく、いわば左手でも出来たことだが、この度はえらい大事（おおごと）であった。これも老衰の結果であってみれば、私は故人に言いたい。「道子さん、すみませんが、私に出来るのはここまでです」。

＊

タイトルを「道子の草文（くさぶみ）」としたのは、彼女の作品中の狂女が、草をくるくると巻いて道傍に置くのを、村人が××女（じょ）の草文と称したとあるのに拠る。なお、パソコン入力等、保存会のみなさん、特に浪床敬子、飛松佐和子、大津円、岩根美香さんのご労力に感謝したい。

渡辺京二

二〇一九年一〇月一八日

石牟礼道子（いしむれ　みちこ）

一九二七年、熊本県天草郡（現天草市）生まれ。六九年、『苦海浄土——わが水俣病』（講談社）の刊行により注目される。七三年、季刊誌『暗河』を渡辺京二、松浦豊敏らと創刊。九三年、『十六夜橋』（径書房）で紫式部賞受賞。九六年、第一回水俣・東京展で、緒方正人が回航した打瀬船日月丸を舞台とした「出魂儀」が話題を呼んだ。二〇〇二年、朝日賞受賞。〇三年、『はにかみの国——石牟礼道子全詩集』（石風社）で芸術選奨文部科学大臣賞受賞。一四年、『石牟礼道子全集』全十七巻・別巻一（藤原書店）が完結。二〇一八年二月十日逝去。

道子の草文（くさぶみ）

二〇二〇年二月五日　初版第一刷発行

著者　石牟礼道子
発行者　下中美都
発行所　株式会社　平凡社
〒一〇一—〇〇五一
東京都千代田区神田神保町三—二九
電話　〇三—三二三〇—六五七九（編集）
〇三—三二三〇—六五七三（営業）
振替　〇〇一八〇—〇—二九六三九

編集　水野良美
ブックデザイン　小川順子
印刷　藤原印刷株式会社
製本　大口製本印刷株式会社

落丁・乱丁本のお取り替えは小社読者サービス係までお送りください（送料小社負担）。
平凡社ホームページ　https://www.heibonsha.co.jp/

ISBN978-4-582-83828-2
NDC分類番号914.6　四六判（19.4cm）　総ページ280